LA MIETITURA

UN RACCONTO DELLA SERIE CRIMINI
NEL SUSSEX

ISABELLA MUIR

OUTSET PUBLISHING LTD

Pubblicato in Gran Bretagna

Da Outset Publishing Ltd

Prima edizione in italiano pubblicata Marzo 2023

Prima edizione in inglese pubblicata Maggio 2021

ISBN 978-1-872889-49-8

www.isabellamuir.com

INDICE

UNO

HO SENTITO DIRE CHE guardando un dipinto ti si può aprire una finestra su un altro mondo. Quando guardiamo un'immagine possiamo valicare un confine, dal noto all'ignoto, fissare una scena che a malapena poteva essere immaginata prima che l'artista scegliesse di crearla. Alcune scene, ovviamente sono comuni, mentre altre possono sembrare banali e tuttavia possono trasportare l'osservatore , in un viaggio senza muovere un solo passo.

Fu un dipinto, che mi fece partire per un viaggio, l'estate quando avevo appena compiuto sedici anni. Un momento della mia vita che rappresenta lo spartiacque tra una Zara e l'altra. Tutti gli eventi di quell'estate mi hanno portato a una sorta di divisone, ma allo stesso tempo a un risultato che non mi sarei mai potuta aspettare.

Il dipinto che, a suo modo, fu responsabile di tutto ciò che avvenne, fu *La Mietitura* di Van Gogh. Lo avevo osservato dal giorno in cui ci trasferimmo in Pavilion Square n. 14. O almeno dal giorno in cui il quadro era stato appeso al muro.

Non ricordo se avevo scelto il mio posto al tavolo da pranzo, o se me lo avessero assegnato mia madre o mio padre. Ma ad ogni pasto, invece di guardare nel mio piatto, guardavo l'ampia cornice di legno ed i colori vividi che vi erano raffigurati al suo interno. Naturalmente, non era il dipinto originale. I miei genitori vivevano nell'agiatezza, ma non erano proprio ricchi. Il dipinto incorniciato era un'eccellente riproduzione, e dato che non avevo mai visto l'originale (e sicuramente questo non lo era) per me non faceva nessuna differenza.

Mentre tutti gli altri si concentravano sul cibo nel piatto, io immaginavo di essere nel campo raffigurato nel dipinto, o almeno in uno molto simile. Un campo di granturco. Sarei stata come *Tess di D'Urbervilles* di Hardy, ballando con gli amici, allegri e spensierati. Immaginavo di indossare un abito bianco candido, i miei lunghi capelli scuri che mi sfioravano le spalle, ed in mano portavo un fazzoletto di lino bianco.

Poi vedevo passare un ragazzo, proprio come faceva Angel Clare. Mi tendeva la mano. Ballavamo insieme, le mie amiche in disparte, un lampo di invidia nei loro occhi. Prima di andare via, il ragazzo (a cui non ho mai dato un nome) prendeva il mio fazzoletto, lo poggiava sulle sue labbra poi lo faceva scivolare nella sua tasca. Un souvenir.

Ero talmente immersa nel mio sogno ad occhi aperti che Gabrielle, Sylvie e mio padre avevano finito il loro pasto prima che io ne avessi preso a malapena un boccone. Tutti gli occhi erano puntati su di me mentre rigiravo il cibo. Da quando ne ho ricordo il mangiare non è mai stato il mio passatempo preferito. A mo' di rimprovero Sylvie mi diede un'occhiataccia. Lo stesso muto rimprovero che ricevevamo se dimenticavamo di chiamarla Sylvie invece di mamma.

Nostra madre, il giorno che Gabrielle ed io iniziammo la scuola, ci disse che non dovevamo più chiamarla mamma. Un approccio audace e moderno. Allora eravamo troppo giovani per capire il suo ragionamento e troppo rispettose per metterlo in discussione. Feci però delle ipotesi. Probabilmente voleva distinguersi dalle madri dei nostri amici, sottolineare il suo stile Gallico? O forse non aveva mai voluto davvero essere una madre. Voleva solo essere Sylvie. Nostro padre era d'accordo con lei. Era sempre d'accordo con lei.

L'apparente armonia che regnava tra gli adulti in casa Carpenter era in netto contrasto con il rapporto che avevo con mia sorella gemella. Gabrielle ed io abbiamo passato la maggior parte del nostro tempo in disaccordo l'una con l'altra. Potevamo anche assomigliarci - viso ovale identico, pelle olivastra, occhi nocciola e lunghi capelli nerissimi - ma le somiglianze finivano qui. Erano i miei capelli che spesso si aggrovigliavano con le foglie ed i ramoscelli quando Gabrielle mi sfidava ad arrampicarmi sul nostro melo, mentre lei rimaneva a terra. Poi, quando arrivavo sin dove mi sentivo sicura, mi sfidava ad andare ancora più in alto.

"Cosa riesci a vedere?" mi urlava.

Era come se volesse che provassi io il pericolo per entrambe, senza scomodarsi.

Una volta raggiunta l'adolescenza abbiamo sostituito le nostre baruffe infantili con baruffe di un tipo diverso. Mia sorella ed io non condividevamo la stessa cerchia di amici. Andava in giro per la città con altre tre o quattro ragazze provocando i ragazzi del luogo. Una delle sue amiche aveva escogitato un gioco che prevedeva di dare un voto da uno a dieci ad ogni ragazzo che vedevano passare. Le ragazze gridavano ad alta voce il voto, così come altri commenti denigratori. All'inizio i ragazzi pensavano di avere una possibilità, che le ragazze stessero flirtando con loro. Ma presto divenne evidente che per loro era meglio evitarle.

Sorprendentemente, sembrerebbe che i miei genitori non abbiano mai saputo di questo comportamento di Gabrielle. Poiché, non l'ho mai sentita ricevere un rimprovero. A me sembrava un passatempo crudele, ma mia sorella lo considerava un innocuo divertimento.

Sapevo cosa avrebbe detto nostro padre se avesse mai fiutato un comportamento sconveniente. Lui ha avuto poco coinvolgimento nella nostra educazione, a parte i suoi ripetuti avvertimenti. Almeno io li prendevo come avvertimenti, nonostante non ci fosse alcun cambiamento nel suo tono quando li pronunciava. Lui doveva leggere i titoli del suo amato giornale, piuttosto che dare consigli alle sue figlie.

"Non deludermi mai," era il suo semplice mantra.

Onnicomprensivo ed allo stesso tempo vago. Molte volte, durante il mio passaggio dall'infanzia all'adolescenza, ero stata tentata di fargli una domanda: *Cosa dovrei fare per non deluderti? Dammi delle spiegazioni.* Ma non gli ho mai fatto questa domanda e per questo non l'ho mai capito.

Con il passare degli anni vedendo le mie amiche spingersi oltre i limiti di ciò che potrebbe essere considerato un comportamento corretto per le ragazze, sono diventata sempre più conflittuale. Mentre ero seduta davanti allo specchio della mia toeletta, nella mia mente discutevo con mio padre, ripetendo le domande nella mia mente. *Quale è il comportamento peggiore, padre? Andare male agli esami? Fumare sigarette? Bere alcol? O lasciare che un ragazzo vada troppo oltre?*

La mia ipotesi era che Gabrielle si fosse già avventurata in molte di quelle zone "vietate". Fumava da quando aveva quattordici anni e, dato che la famiglia della sua migliore amica possedeva un pub c'era una forte possibilità che avesse sperimentato anche l'alcol. Per quanto riguarda i ragazzi, beh, fino a che punto mia sorella si fosse spinta oltre i confini in quel settore non l'ho mai saputo. Lei sicuramente non mi confidava i pro e i contro delle sue scappatelle.

Il mio hobby avrebbe sicuramente fatto piacere a mio padre, o almeno era un modo per essere sicura di non deluderlo. Mi piaceva disegnare, non paesaggi, ma disegni di persone senza volto in pose goffe.

L'ispirazione proveniva da un luogo che mio padre, se lo avesse saputo, non l'avrebbe mai approvato. Circa un anno prima, i proprietari del Rainbow Cafè avevano trasformato il loro seminterrato in un locale da ballo. Era un oscuro sotterraneo che prendeva vita ogni sera con il rock-and-roll con gli altoparlanti ad altissimo volume, tentando tutti a muoversi sino allo sfinimento, con i motivi del calibro di *Cliff Please Don't Tease* o *Living Doll* che risuonavano a tutto volume. Avevo solo sedici anni, troppo giovane per poter entrare. Tuttavia, come scusa inventavo di dover andare a casa di un'amica per dei compiti di scuola. Quindi mi soffermavo sulla porta del Rainbow Cafè e guardavo i corpi contorcersi ed agitarsi al ritmo della musica, prima di essere trascinati nell'inebriante mischia animalesca. Più tardi, nel mio momento di relax, provavo a disegnare cosa avevo visto, delle ombre sulla buia e fumosa pista da ballo.

Quando Sylvie vide i miei schizzi alzò un sopracciglio. "Hai un modo unico di vedere il mondo", mi disse una volta. La sua enfasi sulla parola unico, e l'espressione del suo viso mi fece intuire che ci fosse disapprovazione. Non aveva mai espresso il suo sostegno al mantra di mio padre, ma ero certa che la sua aspettativa era che le figlie rispecchiassero la sua vita precisa ed ordinata. Mi sembrava che qualsiasi predisposizione gallica per la moda, che Sylvie avesse avuto in gioventù, fosse scomparsa man mano che diventava sempre più inglese. In primavera ed in estate indossava un vestito, in tinta unita, stretto in vita con una cintura. Gli abiti autunnali ed invernali erano solitamente un twin set ed una gonna di lana. Indossava ogni giorno un grembiule pulito, ben annodato dietro con un fiocco. I grembiuli erano colorati e graziosi, ma non so come, il modo in cui li indossava li faceva sembrare dozzinali. Erano lì per servire al loro scopo, per mantenere i suoi vestiti puliti mentre cucinava e svolgeva le faccende domestiche. Di tanto in tanto, pensavo di cimentarmi nei disegni di modelli. Forse se creavo disegni di vestiti eleganti, Sylvie e mio padre avrebbero approvato.

A parte l'osservazione discutibile di Sylvie su "l'unicità" dei miei schizzi, fu lo scherno di mia sorella che mi portò a tenerli nascosti. Lei sogghignò quando li vide.

"Perché ti dedichi a stupidi schizzi, di persone in piedi ed in giro con l'aria di aver avuto un attacco? Pensi di essere un artista eh? Speri che la mamma ti dia una pacca sulla spalla e ti dica quanto tu sia brava?"

Battute di questo genere erano comuni.

Fortunatamente non condividevamo la stessa camera da letto, così quando Gabrielle iniziava ad inveire, mi voltavo, e potevo andarmene, mi ritiravo nella mia stanza, mettevo la radio a transistor accanto all'orecchio, con il volume alto, così da non sentire le sue lamentele e mi isolavo dal mondo.

Avevamo una casa accogliente a Pavilion Square, situata nella parte più settentrionale di Brighton, proprio dove la zona residenziale della città finiva ed iniziava la parte del South Downs. I miei genitori ne erano soddisfatti; Mio padre doveva fare solo un breve tragitto in auto sino alla stazione per i suoi spostamenti quotidiani verso Londra e per Sylvie, beh, forse trovarsi sulla costa meridionale dell'Inghilterra la faceva sentire abbastanza vicina alla sua nativa Francia da farla sembrare come a casa.

Quasi tutti i fine settimana, una volta che i compiti di scuola erano stati completati e le faccende domestiche era state fatte, Gabrielle ed io eravamo libere di fare ciò che volevamo. Disegnare era la mia passione, ma la pittura di Van Gogh mi aveva dato un'altra ispirazione. Volevo trovare un campo di granturco. Un qualsiasi campo non sarebbe andato bene. Doveva essere un campo pronto per la mietitura, con le spighe di granturco che si ergevano abbastanza in alto perché mi potessi perdere tra esse.

Era un'idea di pura fantasia. Ma, chi mi conosceva bene a quei tempi, mi avrebbe descritto come una ragazza fantasiosa.

Il dipinto si era insinuato nei miei sogni. Non sognavo ad occhi aperti solo di Tess e il suo Angel Clare; il dipinto spesso si insinuava anche nei miei sogni notturni. Nel mio sogno il campo era cosparso di fiordalisi e papaveri, i sorprendenti fiori blu e rossi dai colori così vividi che erano ancora nei miei occhi quando li aprivo al mattino.

Nelle settimane prima cha andassi alla ricerca del mio 'campo dei sogni' intrapresi delle ricerche nella biblioteca locale. L'immagine della mietitura di Van Gogh era soggettiva come la mia. la soggettività era bella e lodevole, ma al centro della nostra comprensione è la conoscenza.

Per capire come poteva sentirsi Tess di Hardy , per Van Gogh o per ogni contadino che vive e respira il terreno, avevo bisogno di conoscere la campagna.

Ho sempre vissuto in una città o in un paese. Ci eravamo, trasferiti dalla periferia londinese a Brighton quando avevo otto anni. Non sapevo nulla di agricoltura e di certo non avrei imparato nulla al riguardo dai miei genitori. Gli interessi di mio padre erano incentrati sul suo lavoro nella finanza per una grande società internazionale. E

Sylvie...beh, davvero non riuscivo ad immaginare che volesse sedersi su un trattore o arrancare su un campo arato.

Durante i pomeriggi tranquilli in biblioteca, ho imparato a conoscere il mais. Ho scoperto che ci vogliono dai sessanta ai cento giorni per crescere. Ho letto delle differenze tra mais da campo e mais dolce. Era il mais di campo che sarebbe finito come farina di mais nella besciamella di Sylvie. E il mais dolce che gustavamo come una rara delizia all'ora del tè, spalmato insieme al burro. Impossibile da mangiare senza che il succo dolce non mi sgocciolasse sul mento, e un pasto per il quale il mio piatto era sempre pulito.

Quando mio padre, Gabrielle, ed io mangiavamo il mais dolce con il pane e burro, stranamente era l'unico pasto che Sylvie rifiutava. Lei si preparava un panino al prosciutto che sgranocchiava mentre sembrava ignorare l'evidente godimento del resto di noi.

Nell'apposita sezione della biblioteca, ho sfogliato pesanti tomi per trovare fotografie che mostrassero i processi del grande lavoro di aratura, semina, mietitura e raccolta. Ho scoperto che il raccolto avviene tra la fine di settembre e novembre e quando il mais passa da un colore biondo chiaro ad un marrone scuro, è pronto per la raccolta.

Dopo aver completato la mia breve istruzione nel mondo degli agricoltori, la mia meta successiva è stata quella di avventurarmi alla ricerca di un campo di mais. Avevo in mente acri di mais dorato, alto, maestoso, in attesa di essere raccolto.

Il giorno che scelsi per la mia prima esplorazione fu il primo settembre, circa due settimane dopo aver incontrato Nicholas. Le vacanze scolastiche stavano volgendo al termine. Era stata un'estate calda e secca e poiché l'avevo trascorsa per la maggior parte all'aperto (quando non ero in biblioteca) ero abbronzatissima su gambe e braccia. Gabrielle ed io avevamo entrambe ereditato la pelle olivastra di Sylvie. Me ne vantavo, ma immagino che la scelta di un vestito a maniche lunghe da parte di Gabrielle, anche nei giorni più caldi, significasse che non provava lo stesso.

"Preferirei essere pallida e misteriosa," mi disse una volta. Era raro per lei condividere i suoi pensieri privati, e da quello che avevo visto dal suo civettare, dubitavo che ci fosse molta verità in esso.

Ma Gabrielle non immaginava i miei pensieri, quando feci un breve viaggio in autobus fino ai piedi del Downs. Ho usato parte della mia paghetta per acquistare una mappa catastale ed ho scoperto che si trattava di una passeggiata di tre miglia fino a Devil's Dyke. Un'altra breve ricerca nella biblioteca mi ha fornito la storia dalla quale ha preso la denominazione questa profonda valle, o almeno la leggenda dalla quale proviene. Secondo il folklore del luogo, si dice che la valle sia opera del diavolo. Voleva creare una trincea nella quale defluisse il mare in modo da inondare le chiese sparse per il Weald of Sussex. A quanto pare, gettò l'ultima pala di terra sulla sua spalla che diventò l'isola di Wight. Devil's Dyke era il posto perfetto per trovare il mio campo di granturco, intriso di mitologia ed immaginazione.

Dalla fermata dell'autobus ho seguito una strada tortuosa, camminando sul ciglio dell'erba perché non c'era marciapiede. Non appena ho potuto ho lasciato la strada ed ho preso un sentiero che in alcuni punti era ricoperto da vegetazione. Le ortiche ed i rovi mi graffiavano le gambe e le braccia nude, ma dieci minuti dopo il sentiero divenne più una mulattiera, con campi su entrambi i lati. Le pecore pascolavano in lontananza.

Finora il mio cammino era stato solitario, anche se sopra di me avevo osservavo le rondini che volteggiavano. Una volta raggiunta la mulattiera, vidi avvicinarsi un cavallo con il suo cavaliere. Mi feci da parte, accennando un saluto mentre passavano, chiedendomi come ci si sentisse stando seduti così in alto, vedere il mondo con una nuova prospettiva.

I libri sull'argomento, che avevo sfogliato, includevano alcune fotografie in bianco e nero; quindi, quando sono uscita da un boschetto di alberi ed ho visto i campi sparsi davanti a me, sono rimasta per diversi minuti, a guardare a destra e a sinistra, cercando di cogliere la vastità che sembrava estendersi oltre l'orizzonte. Il cielo e la terra si fondevano insieme, blu sopra e, marrone verde e oro sotto.

I colori mi hanno indicato che, il campo davanti a me sembrava pronto per la mietitura, il raccolto pronto per essere imballato. Ma anche da lontano potevo vedere il modo in cui gli steli verdi lasciavano il posto a punte più chiare, luccicanti quando il sole le catturava. Il mio campo di granturco dorato.

Alla fine, ho raggiunto una staccionata. Là, dall'altra parte, c'era il campo dei miei sogni. Un campo che desideravo condividere con il mio Angel Clare - Nicholas O'Neill.

DUE

Era un sabato pomeriggio, durante le vacanze scolastiche, quando mi avvicinai all'Archer's Cafè e vidi un ragazzo seduto al mio tavolino preferito. Era seduto da solo a fissare un bicchiere di limonata. Dalla sua espressione sembrava che la limonata non sarebbe mai stata bevuta. Forse l'aveva ordinata per errore.

Archer's era a metà strada tra la scuola e la mia casa, un incrocio tra un cafè da asporto e il leggermente più fine, Lyons Corner House. I coniugi Archer gestivano il locale, supportati da varie giovani cameriere che cercavano di guadagnare un po' di paghetta. Lo svantaggio di essere serviti da qualcuno della mia età era, che inevitabilmente, versavano più tè fuori di quello che andava nella tazza, ma questo era compensato dai prezzi. Con pochi centesimi si prendeva un tè ed una ciambella, che era il mio solito ordine. Un regalo che mi concedevo il sabato poteva essere di scambiare la ciambella con una torta da tè tostata. Il signor e la signora Archer accoglievano i loro clienti come se fossero di famiglia. Il caffè era la loro casa e la nostra, una cordialità che traboccava e stabiliva il rapporto tra i clienti.

Gabrielle non voleva mettere piede in quel posto, dicendo che non sopportava l'odore, il che sembrava una pessima scusa. Qualunque fosse la ragione, ne ero felice perché significava che ero libera di essere me stessa ogni volta che andavo lì. Essere la metà di una coppia di gemelle, a volte, può essere scomodo. La gente si aspetta che ti piacciano le stesse cose, che tu abbia gli stessi amici. Nostra madre ci ha sempre vestito allo stesso modo, si è sempre assicurata che le nostre acconciature fossero uguali, e non ha nascosto il suo disappunto quando sono cresciuta improvvisamente di un centimetro più di mia sorella.

Niente di tutto questo mi importava quando mi sedevo al mio tavolino preferito da Archer's. Pochissimi dei miei compagni di classe frequentavano il posto, forse perché preferivano risparmiare i soldi per qualche cosa di diverso. Trucco, riviste, dischi, tutti in cima alla loro lista dei desideri rispetto alla mia. Per me, per avere quei pochi momenti preziosi in Archer's valeva la pena rinunciare a un rossetto, o aspettare un'altra settimana per comprare l'ultimo singolo.

Le volte in cui ci andavo intorno alle 15,30-16,00 non c'era alcun segno degli operai che immagino frequentassero il posto la mattina presto per i loro cibi fritti, o all'ora di pranzo per una tazza di tè fumante per ingoiare i loro panini. Agli Archer non importava se ti sedevi con il tuo cibo ed ordinavi solo da bere, o se prendevi solo un bicchiere di limonata prima di andare via.

Rimasi per po' fuori dal bar, prima di aprire la porta e andare dritto verso il ragazzo che era seduto al mio solito tavolino.

"Ciao," dissi. Come se bastasse.

Alzò lo sguardo verso di me, i suoi occhi verde chiaro e i capelli rossi mi ricordarono un gatto spaventato.

"Ciao," disse.

Poi tirai fuori la sedia di fronte a lui e mi sedetti.

"Anche a me questo tavolino piace," dissi. "È abbastanza lontano dal resto dei tavoli da non dover ascoltare le conversazioni degli altri, ma non così isolato da farti sentire solo."

Alzò un sopracciglio. Potevo dire che mi stava valutando, cercando di decidere se lo stavo prendendo in giro o se il mio strano approccio di conversazione fosse sincero.

Immaginavo fosse più grande di me, e anche se era ancora seduto, intuivo che quando si fosse alzato sarebbe stato più alto di me. Con il mio metro e settanta ero al di sopra della maggior parte dei miei compagni di classe, ma Nicholas era ancora più alto di quasi tre centimetri. I suoi capelli erano di una tonalità così intensa di rosso scuro che dovetti smettere di fissarlo. Mi chiedevo come un artista avrebbe potuto replicare un tale colore, come poteva ottenere la lucentezza che a mi ricordava il miele liquido.

"Non vuoi la tua limonata?" gli chiesi.

Spinse il bicchiere verso di me "Non l'ho toccata."

Ne bevvi un sorso, ma malamente provocando il gocciolamento lungo il mio mento, che asciugai con il braccio. Ridemmo entrambi e poi lui tirò a sé il bicchiere e ne bevve un sorso, lasciando che un po' di limonata si rovesciasse, sembrava lo avesse fatto di proposito.

"Sono Zara," dissi.

"Nicholas O'Neill. Piacere di conoscerti."

Trascorremmo la mezz'ora successiva condividendo il bicchiere di limonata mentre ci scambiavamo informazioni sulle nostre famiglie. Mi disse che sua sorella, Millie, aveva sette anni, voleva andare sempre ovunque lui andasse.

"A volte vado via di nascosto, come oggi, ma poi mi sento in colpa."

Mi chiese della scuola, "Sei alle superiori? Poi l'università, forse?"

Scrollai le spalle "E tu? Università?"

Lui scosse la testa. "Al momento sto lavorando con mio padre."

C'era un senso di imbarazzo nel modo in cui lo aveva detto.

"Non è il tuo lavoro ideale?" gli chiesi. "Sai cosa ti piacerebbe fare?

"Certo so cosa mi piacerebbe fare," disse. Solo allora notai le sue lentiggini che gli coprivano il viso, come se qualcuno lo avesse cosparso di sabbia dorata. "Ma ho bisogno di guadagnare soldi."

Distolse lo sguardo in lontananza, come se i suoi sogni fossero là fuori da qualche parte, in attesa di essere realizzati. Parlammo di libri e musica, scoprendo di avere gli stessi gusti.

"Lo scopo di un libro è trasportati in un altro posto," disse.

"Anche io lo penso," dissi. Non aggiunsi che non ero mai stata in grado di esprimere i miei pensieri in parole così facilmente come era con lui.

"La biblioteca ha alcuni libri sull'Irlanda, ma nessuno che mi dice quello che voglio sapere."

"Irlanda?"

"Si è dove sono nato. Da dove veniamo." C'era orgoglio nella sua voce, mentre mi guardava dritto negli occhi.

Spiegò che suo padre si era unito all'esercito britannico in guerra partecipando alla liberazione della Sicilia. Poi quando la guerra era finita, suo padre era tornato in Irlanda. Ma non c'erano possibilità di lavoro, e non vedeva alcun futuro per lui o per la sua famiglia.

"Allora, vi ha portato in Inghilterra?"

"Avevo otto anni quando siamo venuti qui, quindi ricordo alcune cose. Mia sorella è nata qui."

"E tuo padre pensava che la vita sarebbe stata migliore qui per voi tutti?"

Non sapevo nulla dell'Irlanda, non realmente. Non ascoltavo le notizie con la radiolina. Davo appena un'occhiata al quotidiano che mio padre leggeva per almeno un'ora ogni mattina. Ma avevo notato un sufficiente numero di titoli per essere a conoscenza del problema irlandese. Sapevo che i cattolici e i protestanti volevano cose diverse, e per alcuni erano gli inglesi a ostacolarli. Recentemente c'erano state marce, sommosse e persino attentati. Mi chiesi a quale corrente appartenesse Nicholas, e a quale suo padre.

"Papà mi ha detto si deve andare dove c'è il lavoro," lo disse più come giustificazione che spiegazione.

"Ci rivediamo domani?" Avevo passato solo poco tempo in sua compagnia, ma mi sentivo già di aver trovato uno spirito affine.

Nelle settimane successive ci incontrammo altre volte da Archer's. Ogni volta condividevamo lo stesso bicchiere di limonata e ci alternavamo per elencare le nuove uscite discografiche da noi preferite. Nicholas disse di aver convinto sua madre ad ascoltare *Pick of the Pops* con lui, il programma fu trasmesso una domenica sera sul tardi. Millie sarebbe stata già a letto, quindi, sarebbe stata abbassata la radio e Nicholas avrebbe preso la mano di sua madre e l'avrebbe fatta ballare per la stanza.

"Tua madre sembra adorabile," dissi. Provai ad immaginare di fare la stessa cosa con Sylvie, ma mi rattristai solamente, come se stessi cercando di vincere un premio al luna park perdendo continuamente.

Quindi, quindici giorni dopo il nostro primo incontro, Nicholas mi invitò a far visita alla sua famiglia. Il loro appartamento seminterrato era in una delle stradine dietro il cinema del luogo, a circa mezz'ora a piedi da casa mia. Quella mattina pioveva a dirotto, il cielo era nero come il resto che sarebbe avvenuto. La pioggia, combinata con il terreno irregolare proprio fuori dalla loro porta d'ingresso, aveva provocato una profonda pozzanghera che non potei evitare mentre mi sporgevo in avanti per bussare alla porta, il mio impermeabile gocciolava, nonostante il mio ombrello mi avesse salvato dal grosso della pioggia. E ora le mie scarpe erano inzuppate. Quando il padre di Nicholas mi aprì la porta, mi tese la mano, e mentre ci stringevamo la mano mi tirò delicatamente dentro. Avevo chiuso l'ombrello, ma ora lo tenevo in mano imbarazzata nel vedere le gocce che creavano una pozza d'acqua sul tappeto logoro.

"Zara." Apparve la madre di Nicholas, ed abbracciò me ed il mio impermeabile bagnato, come se mi conoscesse da sempre.

Nicholas mi aveva descritto sua madre, ma nella sua descrizione non aveva detto nulla della sua deturpazione. Il labbro leporino, che doveva avere fin dalla nascita, alterava la parte inferiore del viso ed allo stesso tempo sembrava esaltarne il resto. I suoi occhi - gli occhi di Nicholas - avevano una tale vivacità che mi sembrava di vedere nel profondo di lei.

L'appartamento era poco più di un monolocale. Una tenda divideva la zona giorno e quella notte. Due valigie aperte fornivano l'unico spazio per riporre i vestiti e c'era uno scaffale con quattro tazze smaltate e una teiera.

Nicholas mi aveva parlato di Millie, la sua sorellina, dicendomi quanto fosse preziosa per tutti loro, un tardivo ed inaspettato aumento della famiglia. Uscì da dietro la tenda, con una bambola di pezza in mano, i codini della bambola avvolti saldamente e sporgenti dai lati della testa, modellati per replicare quelli di Millie, i cui capelli erano color ruggine, un rosso intenso e brunito.

"Chi sei?" disse Millie, la sua voce forte e schietta.

"Io sono Zara e tu devi essere Millie."

"Questa è Susy." Allungando verso di me la bambola.

"Piacere di conoscerti, Susy."

Tesi la mano. Con questo Millie ridacchiò e torno di corsa dietro la tenda.

"Ti fermi per una tazza di tè?" chiese la signora O'Neill.

Stavo lottando per nascondere il mio disagio. Mi sentivo un'intrusa. Era come se fossi arrivata da un altro mondo, dove la lingua era la stessa, ma le parole avevano un significato completamente diverso.

"Andiamo a fare una passeggiata," disse Nicholas, arrivando in mio soccorso.

"È stato un piacere conoscerti Zara, torna di nuovo." Il signor O'Neill tendendomi di nuovo la mano.

Ero ancora in piedi sulla soglia della porta e mentre sollevavo i miei piedi, sentii un rumore soffocato sotto di loro.

"Mi dispiace tanto, o inzuppato il tappetto," dissi.

"Non è proprio il tempo di passeggiare, Nicholas," disse la signora O'Neill. "Perché non aspettate un po' che il peggio sia passato?" Il suo labbro leporino le procurò un leggero balbettio, che combinato con il suo forte accento irlandese fecero la sua voce quasi melodiosa.

"Andrà tutto bene mamma," rispose Nicholas. "Posso prendere in prestito l'ombrello di papà?"

E con ciò eravamo di nuovo fuori, dove fortunatamente la pioggia si era calmata. Ma mentre scendevamo verso la stazione, percepii un imbarazzo tra di noi che non c'era mai stato prima. Nicholas parlava di questo e di quello, ma non mi sembrava di trovare risposte facili. Solo un pensiero persisteva nella mia mente, impedendomi di chiacchierare liberamente. Mi aveva invitato a casa sua e il passo successivo era di dover contraccambiare. Immaginai di mostrargli la nostra casa, con le sue grandi stanze, l'arredamento accogliente, e iniziai a fare dei confronti tra la sua vita e la mia. La sua famiglia aveva poco. L'appartamento era piccolo, buio, con un persistente odore di umidità. Eppure, la sua famiglia mi aveva accolto con sorrisi e generosità. Fu solo dopo la mia visita che mi resi conto di quanto avevo dato per scontato la mia situazione.

La nostra casa in Pavilion Square era situata alla fine di una fila di grandi proprietà vittoriane. Era alta tre piani, con finestre contorniate di pietre nel soggiorno e nella camera dei nostri genitori.

All'ultimo piano della nostra casa c'era l'ufficio di papà. Raramente ci avventuravamo lì, a meno che Sylvie non ci chiedesse di andarlo a chiamare perché era pronta la cena. La scrivania di mio padre praticamente riempiva la stanza, mi faceva pensare a come i trasportatori avessero fatto a portarla su per due rampe di scale senza rompere né la scrivania e né farsi male. Era poggiata contro una parete, con di fronte una sedia di legno dall'aspetto piuttosto scomodo. Sia la sedia che la scrivania erano in noce scuro. Sei cassetti su entrambi i lati del vano piedi, ciascuno con maniglie in ottone lucido, e poi un cassetto largo e sottile al centro che veniva tenuto chiuso a chiave.

Al piano di sotto c'erano le camere da letto. La mia camera da letto era leggermente più gande di quella di Gabrielle, ma entrambe avevamo una vista sul prato sul retro e al di là di esso c'era un piccolo boschetto. Tutte le stanze avevano soffitti alti, con cornici decorate ed eleganti rosoni in gesso, da cui pendevano eleganti lampadari in vetro. Sylvie aveva curato molto l'arredamento con le tende abbinate alle fodere dei cuscini, che a loro volta si abbinavano alla carta da parati ed ai tappeti di lana.

La cucina era abbastanza grande per un tavolo da cucina di dimensioni formato famiglia, ma non abbiamo mai mangiato lì. Consumavamo tutti i pasti, anche la colazione, nella sala da pranzo con una tovaglia di lino bianco che copriva il tavolo di legno lucido. Ricordo da bambina quante volte Sylvie aveva rimproverato Gabrielle o me perché sporcavamo la tovaglia rovesciando qualche goccia di succo o di marmellata. Forse è stata la paura di fare pasticci che, nel corso degli anni, mi ha fatto diminuire l'appetito.

Dopo la mia visita all'appartamento di Nicholas, inizia a considerare ogni cosa nella mia casa con occhi diversi. Nella mia mente aleggiavano da sempre domande che non volevo affrontare.

Quando mia madre ogni volta andava in cucina a prendere i piatti, con mio padre che aspettava dietro di lei per portarli in sala da pranzo, avrei voluto gridare, *perché non si mangia in cucina? Perché usiamo delle tovaglie bianche quando sono destinate a sporcarsi ogni singolo pasto? Perché non possiamo parlare durante la cena?*

A volte le domande risuonavano così forte nella mia testa che era come se le avessi espresse. Nicholas era l'unica persona con il quale avrei potuto condividere i miei pensieri, ma in qualche modo il farlo mi avrebbe fatto sentire una traditrice. C'era uno strano conflitto dentro di me. Potevo vedere i difetti dei miei genitori e tuttavia volevo che nessun altro li vedesse.

Non parlavo a Nicholas della mia famiglia, ma condividevo con lui il mio crescente interesse per la campagna. Lui mi capiva prima che io parlassi.

"Ti piace il senso di libertà che offre? Essere in grado di lasciarsi andare in un posto senza che nessuno affolli il tuo spazio?"

"Si, proprio così. Ma ancora di più. La natura non ti giudica. Semplicemente esiste."

"A volte è anche una vittima. Dell'intromissione dell'uomo."

Riflettei sulle sue parole. Forse la mia idea di visitare un campo di granturco era da egoisti, calpestare tutto il raccolto, giusto per il gusto di essere lì.

" C'è un posto speciale che vorrei che tu vedessi," gli dissi.

Avevo comprato una seconda mappa catastale e la diedi a Nicholas, la volta dopo che ci siamo incontrati da Archer's.

"Proprio lì, vedi? Ho segnato il posto con una croce in rosso." Indicai sulla mappa certa di quale fosse la sua prossima domanda.

"Non vuoi andarci insieme?"

"No, andiamo separatamente, ci incontriamo lì." La mia ridicola immaginazione che fosse come il primo incontro tra Tess e Angel Clare era sempre nella mia mente.

Ma anche quando compii sedici anni, e quando speravo che tutto potesse essere possibile, temevo che in qualche modo il destino avrebbe giocato qualche scherzo, proprio come aveva fatto con Tess di Hardy. Né Nicholas né io avevamo il controllo degli eventi. Eravamo solo spettatori, in attesa di vedere quale destino ci fosse stato assegnato.

TRE

Essendo una gemella, forse sono a conoscenza più degli altri della teoria del contrasto. Tira o spingi, amico o nemico, nero o bianco. Se avessi dovuto confrontare o contrastare le mie opinioni con quelle di mia sorella gemella, il risultato sarebbe stato una guerra continua.

Non riesco ad individuare il mese, e nemmeno l'anno in cui abbiamo iniziato ad allontanarci. Forse è stato un passaggio graduale dal farsi compagnia alla competizione. Perché a parte le altre complicazioni della nostra relazione, non c'è dubbio che Gabrielle mi vedesse come una rivale, una rivale con la quale condividere l'affetto di nostra madre. Si sbagliava, ovviamente. Sylvie non mi ha mai favorito. Non ha favorito nessuno di noi due. Era una moglie diligente, che amava anche a modo suo, e quando si trattava di fare la mamma Sylvie ci nutriva e si assicurava che fossimo ben pulite e ben vestite. Non vedevo nessuna differenza e non mi aspettavo niente di più.

Ma durante quell'estate non fu solo Gabrielle a spingersi oltre i limiti. Continuavo ad aggirarmi intorno al Rainbow Cafè quando non dovevo essere li. Ora avevo un segreto speciale – Nicholas - ed ero determinata a non far sapere nulla di lui a mia sorella. Eppure, sono sicura che sia stata proprio la percezione della segretezza, il sentore della mia nuova relazione, che la irritò. Quando tornavo dai nostri incontri nel campo di granturco, tutta la contentezza ed euforia che sentivo dentro di me era palese dal mio aspetto.

Certo, stavo sempre attenta a non avere l'erba che mi spuntava tra i capelli. Tuttavia, c'era una luce nei miei occhi che era evidente, me ne rendevo conto. Una volta in casa, correvo in camera da letto, chiudendomi alle spalle la porta a chiave. Poi mi sedevo alla mia toeletta e mi guardavo allo specchio.

Non vedevo il mio riflesso, piuttosto usavo lo specchio come se stessi vedendo un dipinto, ma non quello di Van Gogh, il mio campo di granturco immaginario che ora era reale. Ricordavo le conversazioni che avevo avuto con Nicholas. Parlavamo dei testi dei nostri dischi preferiti.

" I testi sono poesia, ma messe in musica," mi disse.

"Forse qualche testo. Altri sono solo 'la,la,la." Avevo cantato una melodia e ballato in cerchio, mentre Nicholas mi guardava. Poi mi aveva preso la mano e abbiamo ballato senza musica, tranne che con il cinguettio degli uccelli sopra la nostra testa.

A volte raccontava aneddoti sull'Irlanda, alcuni dei suoi primi ricordi, mescolati a storie che gli avevano raccontato i suoi genitori. Mi aveva parlato delle montagne di granito di Mourne che si innalzano verso il cielo, del Sentiero del Gigante creato da un'eruzione vulcanica, lasciando una fessura così ampia che potevo immaginare di cadere in essa per non essere più ritrovata.

"E l'erba verde è così rigogliosa che non hai mai visto niente di simile," mi disse con orgoglio. "Perché pensi che la chiamino l'isola di Smeraldo?"

"Ci ritornerai?" gli avevo chiesto in una delle nostre passeggiate.

"Un giorno, di sicuro."

"Forse verrò con te," dissi ridendo. Poi sono corsa avanti a lui che mi seguiva, la sua risatina profonda e gutturale.

Camminavamo sempre e solo lungo il perimetro del campo, per non rovinare il raccolto. A volte ci sedevamo semplicemente sulla scaletta a contemplare l'ondeggiare del granturco, nel vento pungente del sud che spesso soffiava in quella parte della valle.

Lui parlava della sorella, Millie, e di come si trovasse in difficoltà a scuola.

"Problemi a fare amicizia?" gli chiesi.

"No, niente del genere. Sono i compiti che la preoccupano. È un po' in dietro con l'ortografia e la scrittura di testi. La sto aiutando."

"A casa?"

"Si, passiamo del tempo insieme dopo la scuola, e ora anche durante le vacanze. La faccio leggere, poi le faccio ripetere con parole sue."

"Sei un bravo fratello."

"Mi ha aiutato a decidere cosa mi piacerebbe fare un giorno."

Aveva un modo di fare, gentilezza e pazienza rafforzato da una base di determinazione.

"Sarai un insegnante brillante," dissi prevenendo ciò che stava per dire.

"Ma questo vorrebbe dire andare al college," disse, scuotendo la testa.

Questa era un'altra cosa che ci separava. Io ero libera di scegliere se continuare a studiare con i miei genitori che mi sostenevano. Ero certa che i coniugi O'Neill volessero il meglio per il loro figlio, ma era evidente che fosse fuori dalla loro portata.

Solo una volta ci avventurammo in una discussione tra la realtà della sua vita e la mia. Aveva sentito i suoi genitori discutere della difficoltà di essere irlandesi.

"Mamma ha detto che avrebbe voluto non essere mai venuta in Inghilterra."

"Perché dovrebbe dirlo?"

"Papà le ha detto che dovremmo stare per nostro conto, perché è il modo migliore per stare fuori dai guai."

"Cosa voleva dire? Che non dovresti parlarmi? Perché non sono irlandese?"

Non nascosi la mia rabbia, e per un po' stemmo in silenzio. Poi mi mise un braccio intorno alle spalle. "Non è sull'essere inglese o irlandese, si tratta di stare nel proprio ambiente. Pensa a Tess. La povera ragazza è stata mandata a rivendicare la parentela con i ricchi D'Urbervilles e sappiamo in che guaio sia finita."

Sapevo cosa stava facendo, cercava di riportare la nostra conversazione su un terreno sicuro, ma quello che aveva detto su Tess mi ricordava le cose che ci dividevano.

"Facciamo un patto. Niente più discussioni sulla politica," dissi.

Facemmo finta di stringerci la mano in modo formale e poi crollammo in una risatina.

Dopo quella conversazione iniziai a prendere più conoscenza dal giornale di mio padre. Cercai di scorrere le pagine quando lui non lo stava leggendo, cercando di capire quale fosse il fulcro del problema irlandese. Ma più leggevo più ero confusa. Era meglio attenersi a disegnare.

Avevo l'idea che avrei dovuto provare a combinare i miei primi goffi schizzi con il mio amore, appena scoperto, per la campagna. L'inizio della giornata era luminoso, nessuna minaccia di pioggia; quindi, se avessi portato il mio blocco da disegno con me era sicura che non sarebbe finito in un brogliaccio fradicio. Prendendo il blocco da disegno, presi un paio delle mie matite preferite dalla tazza sulla toeletta.

Diedi gli ultimi ritocchi al mio aspetto, aggiungendo un cerchietto da abbinare al mio vestito, entrambi di una tonalità bordeaux scuro. Tirai fuori la sciarpa di chiffon rosa dal mucchio di sciarpe poggiate sulla sedia di vimini che era vicino alla finestra. L'avevo chiamata la sedia dei sogni, perché da lì potevo guardare fuori e fingere di essere da qualche altra parte.

Quando aprii la porta della mia camera da letto trovai Gabrielle con la mano alzata pronta per bussare alla mia porta.

"Esci di nuovo?" mi disse mentre in un solo sguardo mi aveva scrutata tutta.

"Sì," risposi già sapendo che non avrei soddisfatto la sua curiosità.

"Altri disegni dal vero?" indicò il blocco da disegno che avevo infilato sotto il braccio.

Questo fu il momento in cui commisi il mio primo errore. Se le avessi solo sorriso o sorvolato, forse si sarebbe stancata di giocare al gatto e al topo come stava facendo. Invece la tentai come se le avessi fatto odorare del formaggio al quale non poteva resistere.

"Mi incontro con un amico," dissi.

Anche se non pensavo di aver enfatizzato la parola, lei aveva sentito chiaramente qualcosa che ha catturato la sua attenzione. O forse era stato qualcosa nel mio comportamento che l'aveva portata a presumere che questo non fosse solo un 'amico'?

"E dove incontrerai questo amico? Forse posso unirmi a voi."

Mi ero messa all'angolo da sola. Potevo ignorare la sua domanda e rischiare che mi seguisse, o potevo invitarla a venire con me. Gabrielle non aveva mai mostrato alcun interesse per le passeggiate in campagna; quindi, c'era la possibilità che si stancasse molto prima di raggiungere il luogo di incontro con Nicholas.

"Sto andando a Devil's Dyke," dissi. "Vieni se vuoi. È una corsa in autobus, poi una passeggiata di quattro chilometri, quindi hai bisogno di scarpe basse. Ti aspetto di sotto."

Scendendo nel corridoio potevo immaginare la sua espressione, l'avevo spiazzata. Aspettai cinque minuti davanti la porta d'ingresso guardando l'orologio, domandandomi se avrebbe accettato la sfida o avrebbe abbandonato l'idea.

Gabrielle non venne con me, quel giorno, per incontrare Nicholas, ma questo non le impedì di svelare il mio segreto.

Quando arrivai al campo di granturco avevo quasi dimenticato l'incontro con mia sorella. Durante il viaggio in autobus, e mentre camminavo lungo il sentiero e la mulattiera, avevo elaborato e pianificato idee per migliorare i miei schizzi. Avevo bisogno di trovare un modo per cambiare il mio stile nei disegni con il quale ero abituata - figure senza volto in pose elaborate - con uno sfondo che sfoggiava il paesaggio di campagna in tutto il suo splendore, con Nicholas come modello.

Era arrivato prima di me e mi salutò mentre mi avvicinavo.

"Millie voleva venire con me," disse. "Le stavo quasi dicendo di sì."

"È buffo, anche mia sorella voleva venire, anche se immagino che le sue ragioni erano alquanto diverse da quelle di Millie."

"Incontriamoci in città la prossima volta, invece che qui, così Millie potrà unirsi a noi. Glielo ho in qualche modo promesso."

"Certo, perché no," dissi. Aprii il mio blocchetto di schizzi chiedendomi come lo avrei tenuto in bilico mentre disegnavo. "Vorrei fare un disegno su di te, se ti va bene."

"Tu disegni? Non lo sapevo, non me lo hai mai detto."

"Ci provo" gli dissi ridendo. Gli diedi il blocco e lasciai che lo sfogliasse per vedere i disegni. "Che cosa ne pensi? Un po' folli, eh?"

"Mi piacciono. Sono.... unici," disse e ridemmo entrambi.

"Si, unico è la parola giusta."

"È così che vedi le persone? Tutte le tue figure sembrano a disagio, goffe. Non c'è niente di disinvolto in loro."

"Penso che è così che siano la maggior parte delle persone. Comunque, è così certamente per la maggior parte delle persone che conosco. Tranne te. Tu sei sempre tranquillo, calmo. Quindi sarà una sfida fare il tuo ritratto. Una figura pacifica in un ambiente tranquillo. Per me sarà la prima volta."

Nicholas mi aveva fatto notare il tema comune nei bozzetti, del mio stile di disegno, qualcosa che non avevo mai considerato prima. Le mie impressioni erano dovute alle persone che meglio conoscevo - la mia famiglia - avevano alterato la mia opinione sulle persone in generale. Ogni mattina nei giorni feriali, quando mio padre andava al lavoro indossava un abito grigio, una camicia bianca e una cravatta grigio scuro. Il colletto della sua camicia sembrava stretto intorno al suo collo. A volte lo sorprendevo a far scorrere il dito all'interno del colletto, allontanando il cotone rigido dalla pelle, come se stesse cercando di sfuggire alla pressione che gli imponeva. Non c'era niente di comodo nel suo atteggiamento, né quando partiva per il lavoro, né quando tornava. Si toglieva la giacca, cambiava le scarpe con le pantofole, ma quando si sedeva a tavola per cena indossava comunque la cravatta, come se essere formale fosse l'unico modo in cui sapeva vivere. Nel fine settimana indossava un vestito di colore diverso, ma sempre pantaloni, camicia e cravatta.

Il disagio di Gabrielle era più evidente nei suoi atteggiamenti. Al tavolo da pranzo spesso si appoggiava così tanto indietro sulla sedia che restavo sempre sorpresa che non cadesse. Nelle rare occasioni in cui stavamo insieme in salotto, sceglieva la poltrona meno comoda e si appollaiava in punta alla poltrona, come se avesse bisogno di essere pronta a scappare in un momento.

E Sylvie. Era come se il suo infinito spolverare e lucidare fosse il suo tentativo di ottenere una sorta di controllo sul modo in cui vivevamo. Come se la pulizia e l'ordine ci proteggessero in qualche modo.

Pensando al disagio che potevo vedere nelle persone con cui vivevo, iniziai a chiedermi se non mi avessero influenzato. Ero a disagio con la mia vita come sembrava lo fossero anche loro?

"Pensi che io sia strana?" chiesi a Nicholas.

"Graziosa. È così che ti descriverei."

Mi avvicinai a lui ondeggiante un po', cercando di assomigliare ad un albero pieno di foglie che veniva fatto ondeggiare al vento.

"Come questo?" dissi sorridendo.

"Graziosa, sì. Ma mai strana. E ora vuoi farmi il ritratto?"

"Ti dispiace?"

" Ne sono onorato. Come devo mettermi in posa?" Mise le mani sui fianchi e fece qualche passo in avanti pavoneggiandosi.

"Non hai bisogno di posare. Devi essere naturale. Sii te stesso, naturale, rilassato e..."

"Tranquillo?"

"Esattamente."

Si appoggiò alla staccionata ed io mi sedetti in terra, mettendo il mio blocco da disegno in grembo e presi una matita dalla mia borsa a tracolla.

Ero nervosa all'inizio. La mia mente era stata piena di potenziale, come speravo sarebbe stato il disegno finito. Nicholas in primo piano, con la campagna tutt'intorno. L'immagine del dipinto di Van Gogh era sempre vivida nella mia testa, anche se Van Gogh aveva un'intera tavolozza di colori con cui creare il suo capolavoro. Avevo solo una matita il massimo che potevo fare era realizzare un chiaroscuro.

Iniziai a disegnare ed era come se la matita si muovesse da sola. Dopo un po' Nicholas alzò la mano.

"Cosa c'è?" gli chiesi.

"Ho bisogno di muovermi."

"Sciocco. Non è necessario che tu mi chieda il permesso." Ora avevo la sua immagine fissata così saldamente nella mia mente, che non avevo quasi bisogno di guardarlo. Stavo disegnando a memoria.

Fece qualche passo, girando in tondo, allungando le gambe davanti a sé in modo esagerato. "Quanto ti manca?"

"Ti sei stancato allora?"

"Peccato che non abbiamo potuto portare la musica con noi. Ti dico una cosa, andiamo al *Disc Jockey* in città sabato. Potrebbe venire anche Millie, e poi potremmo andare da Archer's a mangiare un gelato."

Ero stata un paio di volte nel negozio di dischi del luogo per ascoltare gli ultimi usciti, ma mai con Nicholas.

"Millie non si annoierà mentre ascoltiamo i dischi?"

"Non con l'incentivo del gelato."

"Cosa vuoi ascoltare?" Per tutto il tempo della chiacchierata avevo continuato a disegnare, ed ora iniziavo a riempire parte dello sfondo, con le graminacee con un accenno di movimento, ed i papaveri che offrivano le loro sommità fiorite verso il cielo.

"Tre passi verso il paradiso."

"Be, è proprio appropriato," dissi ridendo.

Era tardo pomeriggio quando ebbi finito. Nicholas era passato dallo stare in piedi a seduto, ad un certo punto persino in ginocchio. Poggiai la matita a terra e chiusi il blocco notes.

"Posso vederlo?" mi chiese.

Sorrisi e gli passai il blocco e lo guardai sfogliare con cura le pagine finché non raggiunse la pagina che svelata l'immagine che avevo di lui. Non disse nulla per alcuni istanti, poi chiuse il blocco e me lor rese.

"Allora?" gli chiesi. Volevo la sua opinione ma più che altro volevo la sua rassicurazione sul fatto che non l'avevo offeso in alcun modo.

Forse la mia immagine di Nicholas era molto diversa dall'immagine che lui aveva di sé stesso.

"Vedi tutto questo, quando mi guardi?" mi disse.

"Sì. Va bene? Voglio dire ho indovinato?"

Il rossore sul viso gli riempì tutti gli spazi tra le lentiggini.

"Grazie," mi disse tendendomi la mano.

QUATTRO

Ero stata tentata di appendere il mio disegno di Nicholas sul muro della mia camera da letto. Ma sapevo che a un certo punto Gabrielle sarebbe entrata per prendere in prestito questo o quello, e poi avrebbe fatto delle domande. Domande che preferivo evitare. Forse avrei dovuto dare il disegno a Nicholas, ma poi non arei avuto la possibilità di guardarlo, cosa che feci la sera e la mattina seguente.

La nostra relazione non era qualcosa che volevo condividere. Non avevamo fatto niente di male, almeno non ancora. Ci eravamo baciati, ovviamente. A volte i nostri baci duravano così a lungo che quando ci allontanavamo dovevamo entrambi riprendere fiato. Ma ciò che rendeva la nostra relazione più speciale non erano i baci o il tenerci per mano era che ci intendevamo senza parlare. Farlo conoscere agli altri avrebbe fatto perdere il fascino del segreto, rendendolo in qualche modo più banale.

E poi c'erano le aspettative di mio padre che aleggiavano su di me. Nicholas era più grande di me, la sua famiglia era irlandese e povera. Era in dubbio che avrebbe mai realizzato la sua ambizione di lasciare il cantiere e iniziare a insegnare. Stavo deludendo mio padre scegliendo Nicholas O'Neill come mio ragazzo?

Quel fine settimana Nicholas ed io non avevamo programmato di incontrarci al Devil's Dyke. Lui avrebbe passato il sabato con suo padre, per aiutare una famiglia a trasferirsi nell'appartamento sotto di loro.

"Anche loro sono irlandesi?" gli avevo chiesto, prima di desiderare di non averlo fatto. Le mie mani toccarono le mie guance bollenti dall' imbarazzo per le mie congetture non dette.

Venerdì passai molto tempo a leggere in giardino. Ora che avevo avuto un assaggio della vita di campagna, le descrizioni di Hardy del paesaggio del Wessex avevano più significato. Potevo immaginarlo nella mia mente, anche se in verità quando pensavo ad uno qualsiasi dei suoi campi tutto ciò che davvero vedevo era il nostro campo. È così che lo penso ancora ora. 'Il nostro campo.

Fino ad ora non avevamo visto il contadino sulla cui terra stavamo sconfinando. Un paio di volte, mentre camminavo dalla fermata dell'autobus ed ero sul marciapiede lontana dal traffico, avevo visto un trattore in lontananza. Sembrava una vita così tranquilla, seduto su in alto sul suo trattore, ammirava il panorama. Mi aveva fatto immaginare come la propria vita potesse armonizzarsi così bene con la natura. Svegliarsi al sorgere del sole, arare in inverno, seminare in primavera, raccogliere in estate ed in inverno, prima che l'intero ciclo ricominci.

"Potresti aiutarmi a togliere le erbacce." La voce di Sylvie irruppe nei miei pensieri. Era in piedi accanto a me, le mani guantate che reggevano un forcone da giardino. Aveva i capelli legati all'indietro e coperti da un foulard di seta, che in qualche modo la faceva apparire più dolce, più giovane.

"Sto leggendo," mostrandole la copertina di *Tess dei D'Urberville*.

"So cosa stai facendo. Ecco perché sto chiedendo il tuo aiuto."

Il nostro giardino era un'altra area della nostra vita che davo per scontata. A volte guardavo le rose ai bordi delle aiuole, notavo i fiori appena recisi in un vaso sulla credenza, ma non consideravo mai il lavoro che poteva comportare, piantare e potare. In fondo al nostro giardino c'era un grande orto di cui non mi ero mai interessata. Era come se la fornitura giornaliera di patate, cipolle e fagioli apparisse come per magia. Zucchine in autunno, verdure primaverili che segnalavano i primi giorni caldi. Barbabietola che Sylvie arrostiva e serviva con salumi di manzo o di agnello. Avevo passato il mio tempo a sognare un paesaggio immaginario, quando il ciclo della natura si svolgeva a pochi metri di distanza, in fondo al nostro giardino.

Mi alzai posando il libro sull'erba. "Devo cambiarmi prima?"

Dubitavo di riuscire a tenere il mio vestito estivo pulito mentre frugavo nel terreno. Sylvie indossava una delle magliette di mio padre sopra un paio di pantaloncini di cotone. Non l'avevo mai vista con vestiti diversi da un abito o una gonna. Era come se stessi incontrando per la prima volta uno sconosciuto, qualcuno che fosse entrato nel nostro giardino vestito da lavoro.

"Basta che ti cambi i sandali con le scarpe da ginnastica, altrimenti avrai i vermi che ti mordicchieranno i piedi," disse. Un sorriso le aveva attraversato il viso per un brevissimo istante, poi allontanandosi da me si diresse verso una delle aiuole.

Pochi minuti dopo ero al suo fianco, il mio abito estivo sostituito con pantaloncini e maglietta, scarpe di tela invece di sandali. La osservai mentre mi avvicinavo. Stava lavorando metodicamente andando da sinistra a destra lungo un'aiuola che mostrava delle piante da giardino spettacolari. Mentre muoveva il forcone tra di loro, le sommità fiorite ondeggiavano, sprigionando deliziosi profumi.

"Cosa dovrei fare?" chiesi.

"Prendi la carriola." Fece un cenno verso il capanno da giardino.

Avevo sedici anni; eppure, non ero mai entrata nel nostro capanno. Feci scorrere il chiavistello e tirai la porta, che si stava un po' incastrando sul bordo inferiore. Una volta dentro, mi sentii come se fossi entrata nella vita di qualcun altro.

Vasi di piante vuoti impilati in ordine di grandezza, riempivano gli scaffali su un lato del capannone. Sulla parete di fronte erano appesi ogni tipo di attrezzi da giardino, un rastrello, una vanga, una cesoia ed altri ai quali non saprei nemmeno dare un nome. C'erano scatole di legno ordinatamente etichettate con pacchetti parzialmente riempiti di semi, rotoli di rete adagiati in un angolo e un grosso gomitolo di spago attaccato a un chiodo, con delle forbici appese accanto. La carriola era appoggiata all'estremità opposta.

Rimasi al centro del capannone e mi guardai intorno, pensando a Nicholas e alla sua famiglia. Nel nostro capanno c'era così tanto spazio per gli attrezzi da giardino quando i genitori di Nicholas riuscivano a malapena a fornire un po' di spazio a Millie per giocare. Mi travolse un'ondata di senso di colpa e anche di imbarazzo.

Spinsi la carriola verso Sylvie. Aveva già raccolto un considerevole mucchio di erbacce dall'aiuola, e le aveva accatastate sull'erba vicino.

"Io le tirerò fuori e tu le trasferirai nella carriola. Avrai bisogno di guanti però, ci sarà ortica o rovi in mezzo."

Non aveva smesso di lavorare mentre parlava, sembrava contenta dei suoi progressi. Era passato da poco mezzogiorno; il sole era alto nel cielo con pochissime nuvole che potessero creare ombra. Avrei voluto aver preso un cappello quando ero andata a cambiarmi perché ora capivo l'utilità della sciarpa di Sylvie. Sudavo mentre lavoravo ed i capelli si attaccavano alla fronte nonostante li scansassi ripetutamente.

"Pensavo che fosse papà a estirpare le erbacce," dissi raccogliendo il primo mucchio. "Aiha."

Sylvie alzò brevemente lo sguardo, prima di continuare. "Guanti, Zara. Te lo avevo detto."

Continuammo per un'altra ora, Sylvie scavava e rivoltava il terreno, con me accanto a lei che trasferivo le erbacce nella carriola sino a che non era piena. Ogni tanto le chiedevo il nome di un fiore e glielo ripetevo cercando di memorizzarlo.

"Rosa. Garofano," disse. "Avvicinati e sentirai il profumo."

Mi sporsi in avanti, facendo un profondo respiro. "Torta di mele," dissi.

Lei annuì. "Esatto, chiodi di garofano. E questa è aquilegia, gli inglesi la chiamano Granny's Bonnet. Nessun profumo, ma le api l'adorano."

"Come fai a sapere quali sono le erbacce? Alcune di loro sono così carine, questa ha persino dei fiori." Avevo trattenuto un po' di erbe che aveva scartato.

"Anche le erbacce sono fiori. È solo una questione di scelta, io scelgo i fiori che mi piace avere e quelli che preferisco scartare."

"Sembra ingiusto per le erbacce. Non è certo colpa loro se non ti piace il loro aspetto."

Lei non mi rispose.

Durante la nostra infanzia, l'ora dei pasti ha sempre seguito uno schema. Nostra madre ci aveva insegnato che conversare e mangiare non andavano d'accordo. In quei momenti tranquilli, in cui tutto ciò che riuscivo a sentire era il rumore di papà che mordeva un gambo di sedano, o Gabrielle che beveva la sua acqua, era la mia occasione per lasciarmi andare e sognare.

Ma quella sera, dopo aver aiutato Sylvie in giardino, studiai da cosa era composto il pasto con occhi nuovi. A malapena alzai la testa per vedere il dipinto di Van Gogh. Ed invece, morsi attentamente le zucchine ed i fagiolini, assaporandone il sapore.

"Verdure deliziose," dissi.

Gabrielle fece eco alle mie parole "Verdure deliziose." Un tono beffardo nella sua voce.

Aspettai il rimprovero di Sylvie che non arrivò. Tutte le cose che avrei voluto dire ribollivano dentro di me. Mi ero divertita a lavorare in giardino con Sylvie in un modo, che solo pochi giorni prima, non avrei creduto fosse possibile. Avrei voluto sfoggiare la mia nuova conoscenza dei fiori, delle meraviglie trovate nel nostro capanno. Avrei voluto una conversazione frivola e leggera intorno al nostro tavolo da pranzo. Il tipo di conversazione che immaginavo potesse avere la famiglia di Nicholas, scambiandosi notizie della loro giornata. Il loro pasto poteva essere scarso, ma le loro risate erano sicuramente calorose.

Alla fine del nostro pasto avevo un peso alla bocca del mio stomaco per tutto ciò che desideravo e non sarebbe mai accaduto.

CINQUE

Sabato mattina il sole splendeva attraverso le mie tende, allettandomi a tirarle e ad aprire la finestra della mia camera da letto. Durante la notte mi ero girata e rigirata più del solito, trascorrendo gran parte della notte tra il sonno e la veglia. La tristezza che avevo provato la sera prima si era trasformata in un misto di eccitazione nel rivedere Nicholas e presentimento che qualcosa sarebbe andato storto, qualcosa che avrebbe rovinato il nostro incontro.

Scacciai via il pensiero mi lavai e mi vestii, scegliendo un vestito a quadretti rosa e bianco e afferrai un cardigan di cotone bianco, per ogni evenienza. Quando aprii la porta della mia camera da letto c'era Gabrielle.

"Niente blocco da disegno oggi?" mi chiese.

Non risposi, e le passai oltre sperando che desistesse.

"Forse verrò con te," insistette. "Stai andando in città?"

Cosa averi potuto dire? Non c'era una risposta che l'avrebbe fatta desistere. Se mi fossi imposta di dire che volevo stare da sola, avrebbe sicuramente capito che il mio piano era decisamente l'opposto.

"Non incontri i tuoi amici?" Le chiesi.

"Immagino che i tuoi amici sono molto interessanti, a giudicare da quel profumo." Si era avvicinata di soppiatto a me facendo la scena di inalare il profumo dell'acqua di colonia che mi ero spruzzata all'ultimo minuto, e che ora desideravo di non averlo fatto.

"Ci vediamo più tardi," dissi e corsi giù per le scale, senza girarmi per sapere se mi stesse seguendo.

Quello che non sapevo, fino al giorno dopo, era che appena ero uscita da casa, mia sorella era entrata nella mia camera da letto. Spinta dal disperato desiderio di sapere dove stavo andando e con chi mi dovevo incontrare, sperava chiaramente di trovare qualcosa nella mia stanza che le avrebbe dato le risposte. Non so quanto tempo le ci sia voluto per trovare il mio blocco, probabilmente non molto. Dopotutto, non era che lo avessi nascosto. Non so se si era resa conto del significato del mio disegno, o se è stato solo, poco dopo, quando ha visto me e Nicholas insieme che ha fatto due più due.

Nicholas e Millie stavano aspettando fuori dal *Disc Jockey* quando sono arrivata. Si tenevano per mano e Millie era in piedi su una gamba e cercava di saltare sul posto. Di tanto in tanto oscillava un po' e doveva abbassare l'altro piede per stabilizzarsi prima di riprovare l'intero esperimento.

"Gelato, gelato," cantava mentre mi avvicinavo.

"Come puoi vedere e sentire, la mia sorellina è molto emozionata. Potremmo non essere in grado di ascoltare la musica per troppo tempo," disse Nicholas, facendomi l'occhiolino.

"Hai deciso quale gusto vuoi, Millie?"

"Fragola, cioccolato e vaniglia," disse senza esitazione.

"Oh cielo, tre palline. Bene, faremmo meglio a sperare che non si esauriscano prima del nostro arrivo." Presi l'altra mano di Millie e mentre entravamo nel negozio lei saltellava tra di noi, ignara dell'espressione accigliata che ricevemmo dall'uomo di mezza età dietro al bancone.

"Possiamo ascoltare *Three Steps to Heaven* di Eddie Cochran?" domandò Nicholas.

Il cipiglio dell'uomo non si dissipò. Invece guardò male Nicholas, poi Millie, poi me. "Io ho solo le due cabine, dovete fare in fretta, ci saranno altri che vorranno usarle."

Mi guardai intorno nel negozio. C'era solo un altro cliente e stava sfogliando la sezione di musica classica.

"Non mi sembra molto affollato in questo momento?" dissi.

"È sabato mattina. Ora c'è sempre da affrettarsi. Quindi, come ho detto, potete ascoltare, ma siate veloci."

Nicholas ed io ci avvicinammo alla cabina di registrazione, e Millie faceva scorrere le dita sulle copertine degli LP mentre li separavamo.

"Vietato toccare," disse il negoziante. La sua voce era così severa che ebbi paura che Millie scoppiasse a piangere.

L'atteggiamento gelido dell'uomo, unito all'irrequietezza di Millie fecero sì che ascoltammo a malapena metà del nostro disco che avevamo scelto. Con Millie in mezzo a noi uscimmo dal negozio. Mentre passava davanti al banco Nicholas si fermò e disse: "Buon giorno a lei signore, grazie per la sua gentilezza."

L'uomo rispose con uno sguardo di pietra. Fuori dal negozio fu Millie a dar voce a ciò che tutti noi stavamo pensando.

"Perché quell'uomo era così scontroso?" disse.

Nicholas ed io ci scambiammo uno sguardo.

"Forse è stufo perché deve restare in negozio e non può andare da Archer per...il gelato!" dissi l'ultima parola gridando prendendo entrambi le mani di Millie per batterle insieme.

"Dai, vediamo chi arriva prima," disse Nicholas.

Una volta seduti tutti e tre da Archer's, al tavolo dove io e Nicholas ci eravamo incontrati per la prima volta, sembrava che tutto andasse di nuovo bene nel mondo. Nicholas aveva letto di recente il dottor Zhivago ed era ansioso che lo leggessi anch'io, in modo che potessimo discuterne. Mise la mano nella tasca della sua giacca e tirò fuori una copia che aveva preso in prestito in libreria.

"Hai tre settimane per finirlo o saremo multati," disse sorridendo.

"Lo finirò in due. Questo ci darà una settimana di tempo per rifletterci sopra, vedere se siamo d'accordo su Lara."

Durante tutta la conversazione Millie si era concentrata sul bicchiere alto pieno con tre palline di gelato. Aveva un cucchiaio dal manico lungo e si faceva strada costantemente tra i gusti. Prima di prendere la cucchiaiata successiva, alzò lo sguardo per un momento mostrando una goccia di gelato alla vaniglia sulla punta del naso. Nicholas prese un fazzoletto dalla tasca e asciugò delicatamente il viso di sua sorella.

E poi, un attimo dopo, ho girato lo sguardo per trovarmi di fronte l'unica persona che mai avrei voluto vedere. Mia sorella.

"Zara, come sei a tuo agio con i tuoi nuovi amici," disse.

Tirò fuori la sedia libera e si sedette di fronte a Millie che era ancora intenta a finire il suo gelato.

"Non mi presenti?"

Nicholas si alzò e tese la mano verso mia sorella. "Nicholas O'Neill. E tu devi essere la sorella gemella di Zara."

Gabrielle ignorò la mano tesa di Nicholas, lo sguardo fisso sul viso di lui. "Si, suppongo di esserlo," disse. "E voi chi sareste?"

"Nicholas e Millie sono miei amici," dissi.

"Ah, sì. Lo vedo."

Mi chiedevo quali pensieri le passassero per la mente. Immaginai che nessuno di loro fosse benevolo.

"Bene, forse mi unirò a voi. Anche io ho voglia di gelato. Millie quale gusto mi consiglieresti?"

Millie scrollò le spalle, mostrando scarso interesse per la domanda.

"In realtà ce ne stiamo andando," dissi sperando che Millie terminasse di mangiare.

"Sono lieto di incontrare finalmente la sorella di Zara," disse Nicholas, mettendomi una mano sul braccio per trattenermi. "Non conosco molte coppie di gemelle. Dev'essere molto speciale avere un legame così stretto."

Avevo raccontato a Nicholas poco o niente di mia sorella, a parte il suo nome. La sua risposta fu una risata vuota.

"Perché non vieni a casa nostra? Allora sarai in grado di vedere che famiglia unita siamo veramente," disse.

"Mi piacerebbe conoscere la vostra famiglia. Ma credo che sia Zara che dovrebbe invitarmi, vero?" disse sostenendo lo sguardo di Gabrielle.

"Oh, beh, non sei solo un perfetto gentiluomo," disse, il suo sorriso stampato, gli occhi socchiusi. Improvvisamente si alzò, allontanando la sedia dal tavolo. "Bene, penso che a questo punto vi lascerò piccioncini. Dopotutto non sono dell'umore giusto per il gelato."

Raccolse la borsa a tracolla dallo schienale della sedia, si voltò e se ne andò.

Feci un respiro profondo e guardai Nicholas, cercando di valutare i suoi pensieri.

"Mi dispiace," dissi.

"Possiamo andare a casa adesso?" disse Millie.

Il sole splendeva ancora in un cielo azzurro e limpido mentre lasciavamo il caffè. Ma era come se le nuvole fossero arrivate facendomi scivolare nella tristezza.

SEI

CERTAMENTE LE VERDURE CHE Sylvie aveva servito per la cena di sabato erano deliziose, come lo erano state la sera prima. Ma questa volta la mia mancanza di appetito era tornata mentre di nuovo rigiravo il cibo nel piatto, sperando che nessuno se ne accorgesse. Di tanto in tanto alzavo lo sguardo su La Mietitura, desiderando che mi infondesse positività, sperando che placasse l'ansia che provavo.

Fu proprio mentre Sylvie si alzava per togliere i piatti che Gabrielle fece il suo annuncio.

"Zara ha un nuovo amico e si chiama Nicholas O'Neill."

Né Sylvie né mio padre reagirono, portandola ad aggiungere "Li ho incontrato lui e sua sorella Millie oggi."

"Nicholas, dici?" disse mio padre, anche se la sua attenzione sembrava essere maggiormente attratta dai tentativi di Sylvie di mettere in equilibrio le posate sulla pila di piatti.

"Gli ho detto che sarebbe stato bello se fosse venuto a trovarci. Ma sembra che Zara non lo abbia ancora invitato," continuò Gabrielle.

Sylvie stava andando in cucina, avendo raccolto con successo piatti e posate senza incidenti. "Sai che i tuoi amici sono sempre i benvenuti, Zara. Dovresti invitare Nicholas a prendere il tè un fine settimana," disse mentre se ne andava.

"Conosci Nicholas da molto tempo?" chiese mio padre.

Borbottai una risposta, chiedendomi cosa fosse peggio; averlo tenuto segreto per anni, o essere così in confidenza con qualcuno che avevo appena incontrato.

Sylvie tornò con la solita ciotola di frutta. Presi una banana, la sbucciai e la tagliai a pezzetti.

"Vorrebbe diventare un insegnante," dissi.

"Ragazzo intelligente allora?" disse mio padre.

"È così educato," disse Gabrielle, la luce nei suoi occhi indicava che si stava divertendo molto. Un gioco che si era divertita a ideare, offrendo frammenti di informazioni, in attesa di vedere dove sarebbe potuto portare.

"E cosa fa il padre di Nicholas?" chiese mio padre.

"È un costruttore," dissi evitando lo sguardo di tutti studiando i pezzi di banana rimasti nel mio piatto. Non appena ebbi pronunciato quelle parole, mi vergognai della mia pretesa che il signor O'Neill fosse qualcosa di più di un operaio edile.

"Perché non gli chiedi di venire a prendere il tè domani?" disse Sylvie.

"Domani?"

"Si, quando avremo sistemato dopo il pranzo, potresti telefonargli. Assicurati che chieda ai suoi genitori il permesso di venirci a trovare. Poi domani mattina farò una torta, magari anche dei pasticcini. Sono secoli che non mangiamo pasticcini."

"La famiglia di Nicholas non ha il telefono," dissi, incrociando le dita sotto al tavolo. Volevo fermare tutto ciò che stava accadendo e tutto ciò che temevo sarebbe seguito. Le conversazioni, la visita, le opinioni e le enunciazioni e, peggio ancora, il giudizio.

"Sai dove abita?" chiese Sylvie.

"Sì, so dove abita."

"Bene, vai lì domattina e chiediglielo. Poi, non appena avrai la risposta, torna subito qui. Digli alle quattro, così avrò il tempo per preparare."

Sylvie e papà si alzarono dal tavolo, lasciando Gabrielle seduta di fronte a me, la sua espressione confermava che aveva vinto il primo round del suo gioco meschino.

Quando mi alzai, quella domenica mattina, avevo preso la mia decisione, dopo aver cambiato idea quasi ogni ora durante tutta la notte. Se non fossi andata ad invitare Nicholas, non avrei dovuto sottopormi ad un'esperienza, che ero certa, nella migliore delle ipotesi, sarebbe stata imbarazzante. Ma poi avrei dovuto mentire, fingendo che avesse detto di no (il che lo avrebbe reso poco educato) o che avessero detto di no i suoi genitori (Il che, in questo caso, sarebbe stato peggio.) Avrei potuto dire che il preavviso era stato troppo breve e che la famiglia aveva in programma qualcos'altro, ma ciò avrebbe solo ritardato l'inevitabile ad un altro giorno. No, era meglio affrontare la mia ansia ed incrociare le dita.

Mentre guardavo il disegno di Nicholas nel nostro campo, mi sembrò impossibile che fossero passati solo pochi giorni da quando eravamo stati lì insieme. Tutto ciò che riguardava la nostra relazione ed il nostro posto speciale, che era stato, nuovo e splendente, presto avrei dovuto condividerlo e nella condivisione temevo che si offuscasse senza la possibilità che ritornasse al suo stato originale.

Saltai la colazione e presi l'autobus per il centro città. Temevo di arrivare a casa di Nicholas e di trovare la famiglia ancora in pigiama, o peggio, ancora a letto. Dopotutto era domenica.

La prima volta che ero stata in visita alla famiglia di Nicholas, tutto ciò che avevo notato erano stati i netti contrasti tra la loro casa e la mia. Un bagno comune sul pianerottolo, una tenda separava la zona notte dei bambini e la zona giorno, dove i suoi genitori dormivano su di un materasso a terra. La luce cupa che proveniva da un'unica lampadina, che oscillava dal soffitto. La singola finestra al livello del marciapiede, faceva sì che penetrava pochissima luce, anche in una giornata estiva luminosa. Così quando entrai nell'appartamento, quella domenica mattina, mi lasciai alle spalle il sole di settembre che mi scaldava la schiena ed entrai nell'umidità e nel freddo della casa della famiglia O'Neill.

Nicholas mi aprì la porta. "Zara, siamo appena tornati dalla messa e sei giusto in tempo per la colazione."

Il suo benvenuto era stato caloroso come il sole che mi ero lasciata alle spalle. Millie era seduta sul pavimento, cullando Susy sulle sue ginocchia. Stava facendo una conversazione, o meglio un monologo, poiché chiaramente la bambola non rispondeva. Quando mi vide balzò in piedi e mi mise in mano la bambola.

"Susy ti saluta," disse.

"Buongiorno, Susy. Che bello rivederti." Strinsi la mano della bambola, facendo ridere a crepapelle Millie.

"E cosa mangia Susy a colazione?"

"Susy non fa colazione. Lei è solo una bambola," disse, correndo dietro la tenda, per riuscirne dopo pochi minuti. Le sue mani erano vuote. Chiaramente Susy era andata a sdraiarsi.

Strinsi la mano ai coniugi O'Neill e, mentre lo facevo, notai il tavolino di legno che serviva da zona pranzo, con spazio appena sufficiente per far sedere tre persone intorno, figuriamoci quattro, o cinque adesso con me. Sul tavolo c'era una pagnotta, con parecchie fette spesse già tagliate e imburrate, e una ciotola di mele.

"Dovremmo prendere della marmellata, mamma," disse Nicholas. "Dato che abbiamo un'ospite."

La signora O'Neill aprì lo sportello di un armadio a muro. Su uno scaffale c'erano tre barattoli, un pacchetto di cracker e un barattolo di sale. Il ripiano inferiore conteneva due piccole pentole e alcuni utensili basilari da cucina, un cucchiaio di legno, un apriscatole, tutto era contenuto in una brocca di ceramica blu. Questa credenza era la loro cucina.

Mi voltai, consapevole che la signora O'Neill mi stava osservando. Non sono mai riuscita a non far trapelare i miei pensieri attraverso la mia espressione. Il concetto di avere la faccia da 'giocatore di poker' era lontano da me.

"Sono alcuni giorni che non sono andata a fare la spesa," disse.

Ora il mio imbarazzo era peggiorato. Il mio senso di disagio aveva portato la madre di Nicholas, a produrre una scusa, quando sicuramente le scuse sarebbero dovute venire da me.

"Ho già fatto colazione," dissi. "Quindi, davvero, non apra la marmellata. Comunque, non per me."

Fu il padre di Nicholas che intervenne per salvarmi dal mio crescente disagio.

"Bevi qualcosa però, ragazza?"

Annuii chiedendomi come avrebbero potuto tenere in fresco il latte. Un ricordo di un giorno di anni prima, attraversò la mia mente, quando Sylvie aveva ricevuto la consegna del nostro frigorifero. Avevo forse nove o dieci anni. Ora, anni dopo, era qualcos'altro che davo per scontato.

"Nicholas vai a prendere il latto, mentre faccio bollire l'acqua," disse la signora O'Neill.

Prese una delle pentole dalla credenza della cucina e la riempì di acqua fredda. Immagino che l'unica bacinella in un angolo della stanza fungesse anche da lavandino per lavare i piatti, oltre che da bacinella per tutto il resto. C'era solo un rubinetto di acqua fredda, che continuava a perdere anche dopo che la signora O'Neill lo aveva chiuso con forza.

Avevo un vago ricordo di aver visto un secchio di metallo fuori dall'appartamento. Il secchio era coperto da un panno di lino spesso. Quando Nicholas tornò con una bottiglia di latte in mano ne capii lo scopo. Il secchio sarebbe stato riempito con acqua, il panno imbevuto di acqua fredda, e poi avvolto intorno al latte per mantenerlo il più fresco possibile all'ombra della scala di ferro.

Una volta riempita la teiera e messa in infusione, il signor O'Neill allontanò una delle sedie dal tavolo e mi invitò a sedermi. Millie sedeva a gambe incrociate sul pavimento accanto a me. Nicholas e suo padre sedettero sulle due sedie rimanenti, mentre la signora O'Neill rimase in piedi, mescolando di tanto in tanto il tè.

"Allora, Zara, cosa ti porta qui in questa gloriosa domenica mattina?"

Avevo provato a leggere *l'Ulisse* di James Joyce più e più volte, ma non riuscivo a superare le prime venti pagine. Nonostante ciò, ogni volta che sfogliavo il libro. Immaginavo sempre Joyce che pronunciava la narrazione ad alta voce. La voce del signor O'Neill era proprio come un'eco di Joyce stesso, ma più gutturale e in qualche modo più delicata.

"Oh, sì," balbettai. Ora che ero qui ero ancora più sicura che la visita di Nicholas a casa mia potesse essere solo un disastro. "E solo che..." Più esitavo e più sentivo le mie guance bruciare. Alla fine, era meglio pronunciare le parole. "Mia madre vorrebbe che Nicholas venisse a casa nostra per il tè. Oggi."

Lanciai un'occhiata a Nicholas che sembrava completamente rilassato, come se il mio arrivo quella mattina e tutti i miei balbettii e balbuzie fossero la cosa più normale del mondo.

"Beh, è semplicemente grandioso," disse il signor O'Neill. "Che gentilezza da parte di tua madre, Zara. Ora Nicholas, dovrai portare qualcosa con te, un regalo per la padrona di casa."

"Oh no," dissi con più forza di quanto intendessi, facendo si che tutta la famiglia O'Neill mi guardasse, persino Millie. "Voglio dire, non è proprio necessario. Non sarà niente di speciale. Solo tè e torta. Vorrebbe conoscerti, tutto qui. Anche mio padre."

Niente di speciale? La casa, il giardino, la sala da pranzo, la merenda per l'ora del tè che Sylvie avrebbe preparato, tutto sarebbe stato di troppo. E a chiusura di tutto questo, non avevo idea da quale parte degli Irlandesi fossero i miei genitori. Perché sicuramente quello sarebbe stato il fulcro dei loro pensieri, quando il mio amico irlandese sarebbe entrato in casa nostra per il tè della domenica pomeriggio.

SETTE

Quella domenica mattina tornai a casa e trovai Sylvie e Gabrielle in cucina intente a sfogliare il mio blocco da disegno.

"Cosa state facendo?" Gli tolsi il blocco dalle mani quasi strappando nella fretta la copertina. "Sei stata nella mia camera."

"E se l'avessi fatto?" disse Gabrielle sostenendo il mio sguardo.

"È personale. Io non oserei andare a frugare tra i tuoi effetti personali."

"No, certamente. Tu non oseresti," replicò con una smorfia come sempre.

"Basta così," disse Sylvie, alzando la mano tra di noi. "Sedetevi entrambe e tacete."

Ci sedemmo ed aspettammo. Avevo posato il blocco da disegno sul tavolo della cucina. Sylvie lo fece scivolare verso di lei e lo aprì alla prima pagina degli schizzi - le figure goffe che aveva già visto in precedenti occasioni.

"Hai sviluppato le tue capacità, Zara," disse. "Non c'è niente di cui vergognarsi. Immagino che tua sorella volesse farmi sapere quanto sei diventata talentuosa."

Gabrielle sorrise come se avesse vinto un premio. Il mio sguardo guizzò verso di lei e poi di nuovo via. Sylvie continuò a girare le pagine fino a che non raggiunse il disegno di Nicholas.

"Ora questo è interessante. Uno stile completamente diverso. E lo sfondo..." fece una pausa, guardando il disegno e poi allontanandolo come se stesse cercando di ottenere una prospettiva su di esso.

"Ci piacerebbe sapere dove è, vero, maman?" disse Gabrielle, con un tono stucchevole. L'idea di avere avuto appuntamenti segreti con un ragazzo, solo noi due in un campo di granturco. Beh, non ci voleva molta immaginazione per indovinare cosa avremmo potuto fare. Eppure, per tutto il tempo, non era la natura amorosa (o la mancanza di essa) che mi preoccupava. Era qualcosa di completamente diverso. Lui e la sua famiglia erano su un lato di una ridicola divisione di classe sociale, nazionalità, religione, che separava lui da me e io da lui. E proprio mentre lo pensavo, mi resi conto che ero io a dare dei giudizi. A dire il vero, dal giorno in cui avevo incontrato Nicholas O'Neill per la prima volta, avevo iniziato a formulare giudizi.

"Non credo che sia da nessuna parte. Gli schizzi di Zara nascono dalla sua immaginazione. Non è vero tesoro?"

Non importa quello che ho risposto, Nicholas sarebbe arrivato presto. A quel punto tutto sarebbe stato chiaro, per me e per i miei genitori Sylvie non aspettò la mia risposta.

"Vorrei mostrarvi qualcosa a entrambe," disse. Quindi lasciò la cucina.

Non era stato chiaro se volesse che la seguissimo. Mi alzai e andai alla finestra della cucina, stringendo il blocco degli schizzi, voltando le spalle a Gabrielle.

"Beh, è divertente vero?" Potevo sentire il sogghigno nella sua voce, anche se non riuscivo a vedere la sua espressione.

Pochi istanti dopo Sylvie tornò. Aveva in mano un piccolo libro. Lo posò sul tavolo e vi appoggiò sopra il palmo della mano. Era più grande di un taccuino, spesso come un diario, con una copertina di cartone sbrindellato, con orecchie a tutti i bordi.

"Questo è di vostro padre," disse. Aprì il libro e tirò fuori un foglio di carta piegato. "E questo è mio." Il foglio era bianco su un lato, quindi fu solo quando lo aprì che potemmo vedere di cosa si trattava.

Un disegno con la penna a inchiostro di un campo di grano. Le linee sottili si erano scolorite nelle pieghe della pagina, ma nel mezzo il paesaggio era raffigurato con un tale dettaglio da suggerire che l'artista conoscesse bene ogni filo di erba e ogni covone di grano. E l'artista era mia madre, Sylvie.

Stese il foglio sul tavolo, le sue mani lisciarono le pieghe, mentre i suoi occhi non lasciavano mai il disegno.

"È bellissimo," dissi frustrata dal fatto che la mia scelta di parole era poco per esprimere la mia vera opinione. "Ma non hai mai detto che sapevi disegnare... e ora? Perché hai smesso di disegnare?"

Tutte le volte in cui Sylvie guardava i miei schizzi. Il mio ego era smisurato avevo un dono creativo che mia sorella non aveva, non sapendo che lo avevo preso da mia madre e lei stessa lo aveva abbandonato.

"E il campo?" le chiesi.

"È lì che ho conosciuto vostro padre."

Un rumore ci fece alzare lo sguardo. Mio padre era sulla soglia. I miei genitori si scambiarono uno sguardo, e poi mio padre fece un cenno con il capo. Sylvie sorrise e riportò l'attenzione su di noi.

Gabrielle non disse nulla. Diede un'occhiata al disegno di Sylvie poi si allontanò dal tavolo, giocherellando con le unghie, stuzzicando le cuticole.

"Ci stai dicendo che hai incontrato papà in un campo?" Gabrielle fece una sorda risata.

"Questo è il diario di vostro padre," disse Sylvie, sollevando il libro. "Da quando era pilota. Forse è ora che tu lo legga." Lo porse a Gabrielle, che scosse la testa.

"Ce lo leggi?" gli chiesi.

Sapevamo che i nostri genitori si erano conosciuti durante la guerra, ma non avevamo mai chiesto maggiori dettagli.

Sylvie aprì il diario e iniziò a leggere.

"3 giugno 1944. Prima sono andato nella sala operativa dello squadrone. Mi è stato detto che sono stato messo in lista per le operazioni stanotte. Fino ad ora sono stato fortunato, ma ora ho una

sensazione di paura, è come un brivido che non posso scrollarmi di dosso. Forse questo è il giorno in cui la mia fortuna cambierà."

Fece un momento di pausa, guardando mio padre, che rimase immobile sulla porta della cucina. Quindi continuò.

"6 giugno 1944. Il bombardamento è andato bene. L'operazione è stato un successo. Stavamo ritornando alla base. Abbiamo ricevuto l'ordine di risalire per evitare il fuoco della contraerea nemica, e ricordo di aver pensato mentre salivamo che sarebbe andato tutto bene, che ce l'avremmo fatta. Poi ci fu il rumore il velivolo era stato colpito. Uno dei nostri motori aveva preso fuoco, poi si è diffuso ad una delle ali. Abbiamo provato a spegnerlo ma non c'era speranza, quindi siamo scesi in picchiata sperando che si sarebbe potuto spegnere. Eravamo a circa mille piedi e continuavamo a scendere lentamente e ancora in fiamme. È stato allora che abbiamo ricevuto l'ordine di lanciarsi con il paracadute.

Mi sono allacciato il paracadute e mi sono buttato per primo. Tirando la corda di apertura non appena mi sono allontanato dall'aereo. Sono caduto male, il mai gamba si è piegata in due sotto di me. Mi sono alzato testando il mio peso su di essa, sollevato che non fosse rotta. È stato allora che ho capito di essere atterrato male in un campo di grano."

Sylvie leggeva lentamente, gli occhi fissi sul diario. Ma mentre leggeva l'ultima riga sussultai, costringendola a fermarsi e girarsi verso di me.

"E tu c'eri? Nel campo di grano?" Chiusi gli occhi, cercando di immaginare la scena. L'aereo in fiamme, il terrore che deve aver provato mio padre, arrivando così vicino a perdere la vita e poi ad atterrare nel buio in un posto sconosciuto, in un altro paese, con i soldati nemici a portata di mano. "Cosa accadde?"

Sylvie sorrise, riprese in mano il diario e continuò a leggere.

'Sono strisciato fino al bordo del campo di grano, mi sono accovacciato dietro un pagliaio e ho cercato di dormire. Quando mi sono svegliato ho visto che ero vicino a un fabbricato agricolo e sul retro dell'edificio c'era un grande orto. Mentre guardavo dal mio nascondiglio dal pagliaio, ho visto un uomo avvicinarsi. Si è

inginocchiato ed ha iniziato a scavare il terreno intorno alle piante. Ho fischiato più piano che potevo. Abbastanza per attirare solo la sua attenzione. All'inizio sembrò che non mi avesse sentito, poi dopo che ebbi fischiato una seconda volta mi aveva fatto segno con la mano, confermandomi che mi aveva visto. Quindi si era alzato aveva risalito il sentiero ed era scomparso.

'Pochi minuti dopo è tornato con un altro uomo, che poi ho scoperto essere suo figlio. Il primo uomo era il padrone del terreno, Emile. Mi fecero cenno di seguirli in un fienile dove avrei potuto riposare. Devo aver dormito per un po', perché Emile mi stava scuotendo per svegliarmi, offrendomi una brocca di latte per bere e un po' di pane per mangiare.'

"Emile?" dissi. "È il nome del nonno, maman."

Lei annuì.

Gabrielle era rimasta in silenzio per tutto il tempo.

"Posso continuare?" disse Sylvie

Non aspettò una risposta ma riprese a raccontare la storia. Ma mentre continuava mio padre si avvicinò per starle accanto.

'Arrivato il buio, Emile mi ha portato nella sua fattoria. Ho cenato con la famiglia, ho dormito lì su un mucchio di coperte sul pavimento della cucina. Prima di andare a dormire quella notte ho sentito una discussione tra Emile e sua moglie. Avevo una scarsa padronanza del francese, ma ho capito che pensava fosse troppo pericoloso che io stessi lì. Stavo quasi per andarmene. Non volevo mettere in pericolo né loro, né il figlio o la giovane figlia.'

"Tu?" dissi. "Tu eri la giovane figlia?"

"Allora come hai fatto a cavartela alla fine?" Gabrielle rivolse la sua domanda a papà. Era chiaro che non poteva più fingere il suo disinteresse.

Fu Sylvie a rispondere, con mio padre che ora le teneva la mano mentre tenevano il diario tra di loro. "Mio padre gli ha prestato dei vestiti, in modo che potesse passare per un francese. Anche una valigia, con un po' di pane e formaggio. E poi mi ha seguito in una casa sicura."

"Come facevi a sapere dove fosse una casa sicura?" Chiesi mentre ogni minuto, che passava durante questo stranissimo dipanamento, mi stava facendo capire che tutto quello che pensavo dei miei genitori doveva essere messo da parte.

"Sapevo parlare un po' di inglese allora, e avevamo due biciclette," spiegò Sylvie. "Tuo padre mi ha seguito, ma gli avevo detto di stare lontano da me e se fossimo stati fermati per essere interrogati, l'altro avrebbe continuato a pedalare."

"Dovevate essere terrorizzati," dissi.

"Vivevamo ogni giorno nella paura, ma la paura ci rendeva più forti. La nostra famiglia aveva molti amici che erano stati arrestati, torturati. Siamo stati fortunati."

"Fortunati?" disse Gabrielle. Fissando i nostri genitori come se volesse sfidarli in qualche modo.

Alla fine, fu papà a parlare. "Siamo sopravvissuti entrambi. Molti no."

"E sei tornato in Francia quando è finita la guerra?" gli chiesi.

"Sì," Sylvie riprese a raccontare. "Non mi aspettavo di rivederlo. È venuto a ringraziare mio padre, ma poi ci siamo conosciuti e ci siamo innamorati."

"Allora non vi siete incontrati veramente in un campo di grano, vero?" disse Gabrielle. Sussultai per la seconda volta, stupita che potesse aver capito così poco dalla storia di nostra madre. Il racconto dei miei genitori era così preciso, eppure tutto ciò che Sylvie non disse, la paura e l'incertezza, il pericolo e la tragedia, rimbombavano nella mia mente.

Ore dopo, quando Nicholas bussò alla nostra porta di casa, poco prima delle quattro, i pensieri continuavano a ronzare nella mia mente, tanto che avevo quasi dimenticato che sarebbe venuto per il tè.

Quando mio padre si fece avanti per stringergli la mano, non stavo cercando di vedere la sua reazione al mio ragazzo. Invece stavo studiando mio padre, l'aviatore, cercando di immaginarlo nel giugno 1944, atterrare nel nord della Francia, chiedendosi se avrebbe mai rivisto la sua casa e la sua famiglia.

Dopo averci letto i punti salienti del diario, Sylvie si era scusata ed aveva passato il pomeriggio in cucina per preparare il tè. Aveva preparato torta al cioccolato, focaccine e biscotti di pasta frolla, sistemandoli tutti su una tovaglia di fresco lino. Mentre ci sedevamo attorno al tavolo, mi resi conto di non averle chiesto della fattoria in cui era cresciuta. Quanto era stato difficile per lei adattarsi alla vita in Inghilterra? In una città, con solo un giardino, piuttosto che acri di terra intorno a lei.

Ora vedevo i miei genitori non più come Sylvie e papà, con le loro abitudini fastidiose e le loro regole irritanti, ma due adulti con esperienze che mai lontanamente avrei potuto immaginare.

Nicholas aveva portato delle cicerchie odorose per Sylvie, che lei mise in un vasetto e lo posizionò al centro del tavolo. Il loro profumo si diffondeva verso di me ogni volta che qualcuno, spostando la torta da un capo all'altro del tavolo, passava il braccio su di loro.

Nicholas si sedette accanto a me. Lo notai alzare lo sguardo verso il quadro di Van Gogh. Lui mi guardò e sorrise.

"Ti interessa l'arte?" gli chiese Sylvie.

"Sto imparando qualcosa. In biblioteca."

"Ah, sì. E cosa hai imparato? Sai molto di questo dipinto?" Sylvie fece un cenno verso la stampa incorniciata.

"*La Mietitura* di Van Gogh," continuò Nicholas. "Penso che l'abbia dipinto durante il suo periodo nel sud della Francia. Questo era uno dei numerosi dipinti che ha realizzato in quel periodo, qualcosa come dieci dipinti in una settimana. E poi c'è stata una forte tempesta e la mietitura è giunta alla fine." Nicholas si alzò e fece il giro del tavolo per mettersi sotto il dipinto. Tutti lo guardavano, Gabrielle si girò sulla sedia mentre lui era in piedi accanto a lei. "Van Gogh voleva mostrare i contadini che lavorano la terra - che vedete qui." Indicò le figure nel dipinto. "Sono diverse fasi del raccolto tutte in una foto, qui c'è un campo di grano mezzo falciato..." Nicholas mosse il dito per indicare il campo mietuto e si voltò verso di me, un ampio sorriso sul suo volto.

"Un campo di grano?" dissi. "Ma pensavo..." ora tutti si voltarono a guardarmi mentre il calore mi saliva alle guance.

"Non è importante che tipo di campo," disse. "Riguarda più il modo in cui il dipinto può trasportarti dal luogo più oscuro alla luce."

"C'est vrai," disse Sylvie. "È vero quello che dice Nicholas. Si possono usare dipinti, anche schizzi per trasportarci da un posto ad un altro. I luoghi non devono essere reali, ma sono abbastanza reali nella nostra immaginazione."

Colsi uno sguardo di Sylvie a mio padre che non avevo mai visto prima. O forse c'era sempre stato, ma solo ora capivo cosa significava.

Più tardi quella sera, quando mi tirai addosso il copriletto e mi rannicchiai, ebbi il tempo di riflettere. Avevo nascosto il blocco degli schizzi a Gabrielle, a Sylvie, per via di Nicholas. Avevo giudicato i miei genitori, anticipando una reazione, quando in realtà il loro incontro, tutte le loro esperienze in tempo di guerra, avevano insegnato loro l'accettazione su così tanti livelli, non il giudizio. C'erano così tante divisioni che hanno dovuto superare per arrivare a questo punto della loro vita. Una giovane cattolica francese, un soldato inglese. Incontrarsi in tempo di guerra, innamorarsi in tempo di pace e tutto il resto dei rischi che hanno corso lungo la strada.

Il dipinto di Van Gogh mi aveva portato in un percorso dove ho valicato la divisione tra ciò che pensavo di sapere e quello che ho saputo sulla mia famiglia - le supposizioni che avevo fatto su mio padre, su Sylvie, su Gabrielle, persino su me stessa - fino a nuove incredibili scoperte.

Passarono ancora anni prima che capissi cosa aveva turbato mia sorella durante la nostra infanzia. Non era semplice gelosia. Era più complicato di così. Era come se riconoscesse che le cose che ci rendevano diverse ci tenevano anche separate. I suoi commenti sprezzanti, le sue provocazioni e prese in giro erano il suo modo di colmare quella distanza che non riconosceva e forse perché eravamo gemelle sentiva di doverlo fare. Mia sorella mi ha allontanato, ma la vera ragione era perché voleva ci sentissimo più vicine.

Ma questo non è stato il mio unico errore. Avevo pensato che la richiesta di mio padre di non deluderlo significasse una cosa, quando in realtà significava l'esatto contrario. Non avrebbe mai giudicato Nicholas. Ero io che avevo giudicato via via ogni cosa e tutto ciò che mio padre voleva da me era essere di mentalità aperta, proprio come lo era stata la famiglia di Sylvie il giorno in cui atterrò nel loro campo di grano.

Nicholas ed io tornammo di nuovo nel nostro campo di grano quell'estate, prima che iniziasse a lavorare come apprendista falegname. Ci sedemmo sulla scaletta e gli raccontai di Sylvie e mio padre, di come si erano conosciuti e il disegno di Sylvie della sua fattoria di famiglia.

"È una meravigliosa storia d'amore," aveva detto.

"Sì, suppongo di sì. Ma dimmi, quando hai scoperto che avevo capito male? Che avrei dovuto cercare un campo di grano, non di granturco?"

"Cosa importa? Guarda cosa ne è venuto fuori. Un tale raccolto."

Siamo rimasti lì tenendoci per mano fino a quando la luce del sole non è svanita, guardando due gabbiani dalla testa nera che beccavano il terreno, prima che prendessero il volo all'unisono e si alzassero in alto tra le nuvole.

GRAZIE

La maggior parte degli autori sarà d'accordo sul fatto che la scrittura può essere un'attività solitaria. Quindi mi considero molto fortunata ad avere l'incoraggiamento ed il sostegno di alcune persone meravigliose. I miei brillanti compagni di scrittura, Chris e Sarah, che continuano ad offrirmi non solo critiche inestimabili, ma anche l'ispirazione per andare avanti. Un sentito ringraziamento va a tutta la famiglia ed agli amici troppo numerosi per essere elencati qui. Sono grata a tutti quanti. Anche, voglio dire mille grazie ad Anna e Loretana per tutte le ore che hanno passato nel tradurre questo libro.

E, nelle parole di una delle mie canzoni preferite, il mio amore e grazie a mio marito, Al, che è 'il vento sotto le mie ali.'

RIGUARDO L'AUTORE

Isabella Muir è affascinata dal passato: ama esplorare com'era la vita per le famiglie che hanno vissuto i decenni dagli anni '30 fino agli anni '60. È autrice di due serie poliziesche, entrambe ambientate nel Sussex, nell'era iconica degli anni '60, e di diverse novelle ambientate durante la Seconda Guerra Mondiale. Isabella ha riscoperto il suo amore per la scrittura, di narrativa, durante due felici anni trascorsi completando il suo Master in Scrittura Professionale e da allora ha pubblicato sei romanzi, cinque novelle ed due raccolta di racconti.

La sua prima serie, Crimini nel Sussex, ha come protagonista una giovane bibliotecaria ed investigatrice dilettante: Janie Juke. La serie è ambientata alla fine anni '60 nella immaginaria città balneare di Tamarisk Bay, dove incontriamo Jane, che si occupa della biblioteca mobile. Lei è un'appassionata delle storie di Agatha Christie – in particolare di Hercule Poirot - userà tutto ciò che ha imparato dalla Regina del Crimine per risolvere crimini e misteri. Questa serie è composta da tre romanzi dove si scopriranno i retroscena degli abitanti di Tamarisk Bay: *La Borsa Ricamata, Oggetti Smarriti* e *Il Caso Invisibile*.

Il suo ultimo romanzo, *Dopo la Tempesta* è il secondo di una nuova serie di Crimini nel Sussex, con protagonista un detective italiano in pensione, Giuseppe Bianchi. Il primo della serie - *Oltrepassare la Linea* - ci ha presentato Giuseppe Bianchi il giorno che arriva nella tranquilla cittadina balneare di Bexhill-on-Sea, nell' East Sussex, per trovare un cadavere sulla spiaggia e così inizia la storia...

Il romanzo singolo di Isabella, *The Forgotten Children*, tratta il delicato argomento dei bambini migranti che furono inviati in Australia – ancora concentrato sulla vita familiare negli anni '60 quando era ancora vigente la politica dei minori migranti inviati in Australia.

www.isabellamuir.com

LIBRI DELLO STESSO AUTORE

LIBRI ITALIANI

NUOVISSIMA SERIE DEI MISTERI NEL SUSSEX
Detective italiano in pensione – Giuseppe Bianchi
VOLUME 1: OLTREPASSARE LA LINEA*
VOLUME 2: DOPO LA TEMPESTA*

LA PRIMA SERIE MISTERI DEL SUSSEX
Una giovane libraria dilettante - Janie Juke
VOLUME 1: LA BORSA RICAMATA*
VOLUME 2: OGGETTI SMARRITI*
VOLUME 3: IL CASO INVISIBILE*

RACCONTI DELLA SERIE MISTERI NEL SUSSEX
La vita in tempo di guerra in Tamarisk Bay
DIVISI SI PERDE
OLTRE LE CENERI
SCELTE
LA MIETITURA
ASPETTANDO CHE RISPLENDA IL SOLE

LIBRI INGLESE

BRAND NEW SUSSEX MYSTERY!
Featuring retired Italian detective - Giuseppe Bianchi
BOOK 1: CROSSING THE LINE
BOOK 2: AFTER THE STORM

THE SUSSEX MYSTERY SERIES
Featuring young librarian and amateur sleuth - Janie Juke
BOOK 1: THE TAPESTRY BAG**
BOOK 2: LOST PROPERTY**
BOOK 3: THE INVISIBLE CASE**
BOOK 4: A NOTABLE OMISSION

THE SUSSEX CRIME MYSTERIES
A Janie Juke trilogy - box set

SUSSEX MYSTERY NOVELLAS
Featuring characters from the Janie Juke novels
DIVIDED WE FALL
MORE THAN ASHES
WAITING FOR SUNSHINE
THE HARVEST
CHOICES
NEVER ENOUGH

THE FORGOTTEN CHILDREN**
A story about a mother's search for her child

TWELVE AT CHRISTMAS
An anthology of twelve Christmas-themed short stories

IVORY VELLUM
An anthology of short stories

*Tutti i volumi sono disponibili anche in lingua originale - inglese
**Disponibile in audiobook solo lingua originale – inglese

www.isabellamuir.com